Ivan Farron

Ein Nachmittag mit Wackernagel

*Aus dem Französischen
von Marcel Schwander*

Lenos Verlag

ch reihe

*Literatur in der Schweiz
in Übersetzungen*

Dieses Buch erscheint mit Unterstützung der *ch* Stiftung für eidgenössische Zusammenarbeit, der Oertli-Stiftung und der Fondation Ex Libris. Die Übersetzung wurde von Pro Helvetia subventioniert.

Der Übersetzer
Marcel Schwander, geboren 1929 in Netstal, lebt in Lausanne. Neben der Tätigkeit als Redaktor und Stadtrat in Biel, ab 1968 als Westschweiz-Korrespondent des „Tages-Anzeigers" publizierte er rund zwei Dutzend eigene Werke (zuletzt: *Schwanders Westschweiz*, 1998) und ebensoviele Übersetzungen von Werken der Westschweizer Literatur. Zahlreiche Auszeichnungen, darunter Prix de l'Etat de Berne 1986.

Titel der französischen Originalausgabe:
Un Après-midi avec Wackernagel
Copyright © 1995 by Editions Zoé, Carouge-Genève

Copyright © der deutschen Übersetzung
1998 by Lenos Verlag, Basel
Alle Rechte vorbehalten
Satz und Gestaltung: Lenos Verlag, Basel
Umschlag: Anne Hoffmann Graphic Design, Basel
Illustration: *Die Edelfrau*, Fragment des 1805 abgebrochenen
Basler Totentanzes bei der Predigerkirche,
Entstehungszeit um 1450
© Historisches Museum, Basel. Foto: Maurice Babey
Printed in Germany
ISBN 3 85787 275 6

Ein Nachmittag mit Wackernagel

Es war an jenem Samstag im Spätherbst, dem allerletzten vor dem Winter, den die Ärzteschaft der psychiatrischen und universitären Klinik als Entlassungstag für meinen Freund Wackernagel auserkoren hatte, nach sechs Monaten Vollbehandlung, sechs Monaten, in denen Wackernagel, gewisslich betäubt von den Medikamenten, die man ihm täglich zu schlucken gab, nie Besuch erhalten hatte, wie er mir am Telephon sagte, weder von jemandem der Familie, mit der er ohnehin seit mehreren Jahren gebrochen hatte, noch von einem Freund, was ihn noch mehr erschüttern musste als die Medikamente, denn obschon seine Freunde an den Fingern einer Hand abzuzählen waren, hatten sie sich Wackernagel in den schweren Augenblicken seines Lebens stets treu erwiesen; auch nicht von mir, der ich unter seinen treuen Freunden als jener galt, den ein ganz besonderes Einvernehmen mit Wackernagel verband; und angesichts meiner Treulosigkeit ihm gegenüber war ich eher überrascht, jenen unerwarteten Telephonanruf zu erhalten, mit dem er mich bat, ihn am folgenden Samstag zu erwarten – er rief mich drei Tage vorher an –, um halb elf Uhr, beim Münster, auf einer Bank der kleinen Terrasse über dem Strom. Sein Abschied von der psychiatrischen und universitären

Klinik sei zum voraus sorgfältig geplant worden, hatte er mir am Telephon noch gesagt, lange, schleppende Beratschlagungen unter der Ärzteschaft der psychiatrischen und universitären Klinik seien nötig gewesen, um schliesslich Tag und Stunde seiner Entlassung festzulegen, eben am kommenden Samstag, und zwar um zehn Uhr vormittags, ein Zeitpunkt, dessen Erwähnung mich so verwirrte – denn er bedeutete, dass Wackernagel nur dreissig Minuten zur Verfügung hatte, um mich aufzusuchen, was er übrigens als ausreichend betrachtete, um von der psychiatrischen und universitären Klinik zum Münster zu gelangen –, dass sie mich darauf beharren liess, unser Treffen erst auf elf Uhr anzusetzen. Dieser Vorschlag stiess vorerst auf Ablehnung, dann gab Wackernagel schliesslich leise murrend nach. Eine Stunde liess ihm Zeit, mit dem Bus, der bei der psychiatrischen und universitären Klinik hält, bis zu einer Haltestelle im Stadtzentrum zu fahren; dort, auf dem Trottoir gegenüber – und wahrscheinlich nach einer kurzen Wartezeit – in das Tram zu steigen, das ihn an das Ufer des Stroms führen würde, zu der Stelle, an der eine steile Gasse, die Wackernagel vielleicht mit Mühe erklimmen würde, zum Münster emporstrebt. Ich wusste, dass Wackernagel während seines Klinikaufenthalts die Angewöhnung an Geräusche und Betriebsamkeit der Stadt verloren hatte (und vielleicht mochte ihn der Aufenthalt hinter den Mauern der psychiatrischen und universitären Klinik sogar der elementaren Ortskenntnis beraubt haben, dachte ich, so dass er sich nicht mehr ohne weiteres in der Stadt zurechtfand, ihn jenes Netzes vielfältiger Koordinaten enteignet haben, die wir täglich unbewusst verwenden, um uns in einer vertrauten Agglomeration von einem Punkt zum andern zu begeben). Daher mein Drängen – am Telephon wiederholt, trotz Wackernagels Einwänden (denn zweifellos erriet er die Gründe, und sein Stolz versagte es ihm, sie als berechtigt anzuerkennen) –, dass wir uns erst um elf Uhr treffen sollten, wodurch ihm eine Stunde verbleiben würde, um sich zu mir zu gesellen, während der er Zeit hatte, sich zu vergewissern, ob er an dieser oder jener Haltestelle der öffentlichen Verkehrsmittel aussteigen sollte, eine Stunde, die ihm erlaubte, in den Örtlichkeiten der Stadt wieder heimisch zu werden, diese in einem summarischen Topographie-Konzept zu erfassen, das, obwohl unvollständig und approximativ, ihm helfen würde, den dicken innern Nebel etwas zu lichten, den die sechs Monate nach und nach erzeugt hatten, in denen er von der Welt abgeschnitten war.

Der Telephonanruf hatte mich dermassen erschüttert, dass ich die drei Tage, die mich von der Begegnung trennten, in einem Zustand ausserordentlicher Erregung verbrachte, in dem sich Furcht und Freude und ein heftiges Schuldgefühl mischten, aber auch der Eindruck, dass vielleicht dieses Treffen all die Konflikte, die unsere Freundschaft bedrohten, entwirren würde; und es ist erstaunlich, dass ich in einem solchen Zustand – zuhause eingesperrt, die Fensterläden hermetisch verschlossen, fast ohne zu schlafen, obschon ich den ganzen Tag auf meinem Bett ausgestreckt blieb – überhaupt dazu kam, genügend Energie zu sammeln, um mich davon zu überzeugen, dass ich unbedingt zu diesem Treffen gehen musste, trotz all meiner Bedenken, und dass ich nicht das Recht hatte, meinen Freund Wackernagel in einem derart schwierigen Moment seines Lebens wie der Entlassung aus der psychiatrischen und universitären Klinik im Stich zu lassen. Ich gedachte die beiden Stunden vor unserem Treffen an meinem Schreibtisch zu verbringen, im Kantonsarchiv – ganz in der Nähe des Münsters gelegen –, zwei Stunden, die ich, um meinen Geist mit einem andern Thema als Wackernagel zu beschäftigen, dem Ordnen von Materialsammlungen widmen würde, doch ich darf nicht behaupten, dieses Programm so durchgeführt zu haben, wie ich gewünscht hätte, denn wenn es mir an jenem Vormittag auch gelang, mein Büro aufzusuchen, so beschäftigten die Dossiers kaum meine Gedanken, die fast alle von der Person Wackernagels beansprucht waren, und von den Schwierigkeiten, die er hatte – da war ich fast sicher –, um sich von neuem in der Stadt zurechtzufinden, die Örtlichkeiten wiederzusehen, die er mehrere Monate zuvor verlassen hatte für diese ungewöhnliche Bestimmung (ich verbinde stets die Lettern, die sie bezeichnen, mit dem bleichen, trüben Grün des künstlichen Lichts, das die therapeutische Einschläferung überstrahlt), wie es die psychiatrische und universitäre Klinik war. Ich fürchtete mich, Wackernagel in einem scheusslichen Zustand wiederzusehen, völlig entkräftet von den Medikamenten, die ihm die Spezialisten in Weiss zweifellos in elephantastischen Dosierungen verabreicht hatten, und durch die aufreibenden, ja unmenschlichen Bedingungen, unter denen er die zwangsweise Isolierung überstanden haben musste; nicht zu sprechen vom Groll, den er wahrscheinlich gegen mich hegte, da ich ihn in der psychiatrischen und universitären Klinik nie besucht hatte. Anderseits war es möglich, dass der Aufenthalt Wackernagels Verhalten gegenüber allen Menschen verändert hatte, auch gegenüber einem ausgezeichneten Freund (doch mit welchem Recht schrieb ich mir dieses Privileg zu?), so dass er mich durch sein Verhalten überraschen, ja ein falsches Auftreten und unangebrachte Antworten von meiner Seite hervorrufen würde, was Wackernagel ärgern, ihm das Bild einer trügerischen Welt widerspiegeln, ja vielleicht Wackernagel erneut in Verwirrung stürzen konnte, schlimmstenfalls gar eine neue Internierung in der psychiatrischen und universitären Klinik nötig machen könnte. Der erste der beiden Gründe hatte gewiss etwas, das mich zu belästigen vermochte, doch der zweite, wenn ich nicht mehr die Wirkungen betrachtete, die er vermutlich auf Wackernagel hatte, sondern jene, die sich auf meine Person richteten, erwies sich als absolut erschreckend und weckte in mir die Furcht, Wackernagel in einem viel schlimmeren Zustand zu finden, als ich mir vorgestellt hatte, und dadurch so betroffen zu werden, dass ich ihn nicht mehr ausstehen konnte, vielleicht in Ohnmacht fiel, mich unwohl fühlen oder versteinert auf der kleinen Terrasse stehen würde, gelähmt von einer masslosen Angst, die mich nachher nicht verlassen, mich des verbleibenden Gleichgewichts berauben und mich schliesslich selbst in die psychiatrische und universitäre Klinik bringen würde. Angesichts einer derartigen Kaskade schrecklicher Gedanken hatte ich die mir zugedachte Arbeit nicht beenden und nicht einmal ernsthaft beginnen können, und unfähig, mich auf irgend etwas zu konzentrieren, hatte ich das Kantonsarchiv ganz genau um Viertel vor elf Uhr verlassen.

Es war vorsichtiger, etwas zu früh anzukommen. Tatsächlich könnte Wackernagel vielleicht, dank eines unmittelbaren Anschlusses zwischen Autobus und Tram und eines völlig wiedergefundenen Orientierungssinns, am Treffpunkt früher ankommen als vorgesehen; und im Fall eines solchen Zusammenspiels der Umstände musste ich auf alle Fälle vermeiden, dass er allein und ratlos vor der leeren Bank stände; denn wenn ein nach und nach wiederhergestelltes geistiges Gleichgewicht (schreckliche Wortverbindung) ihm erlaubte, den Weg ohne Säumen zu finden, sich wieder an die Stadt und ihr ausgedehntes Netz der öffentlichen Verkehrsmittel anzugewöhnen; wenn diese ihm darüber hinaus unvermutet Beihilfe boten, Umstände, die, wenn sie auch nicht Wackernagels völlige Genesung (Wortverbindung leider ebenso schrecklich wie vorhin) versprachen, so wenigstens letzterem die Möglichkeit boten, sich wieder anzugewöhnen an das Leben in dieser Stadt, die er zugleich liebte und hasste, deren Charakter und Klima in meinen Augen ohne Zweifel zu den Ursachen der Internierung meines Freundes in der psychiatrischen und universitären Klinik zu zählen sind; wenn schon die Umstände, unter sich durch etwas wie stillschweigende Übereinkunft zusammenspielend, in bezug auf Wackernagel einhellig von einer glücklichen Anlage des Schicksals zeugten, dann durfte auf keinen Fall ein Zuspätkommen meinerseits dieses Zusammenwirken glücklicher Ereignisse gefährden. Deshalb hatte ich nicht das Recht, Wackernagel hilflos herumstehen zu lassen, vor der Reihe leerer Bänke oder vor solchen, die von nicht auf ihn wartenden Leuten besetzt waren, was vielleicht noch schlimmer wäre, da dies, meiner Fahrlässigkeit wegen, eine gewisse von meinem Freund Wackernagel wiedergefundene Herzensruhe gefährdete, in ihm den Eindruck erwecken könnte, er sei vom Schicksal betrogen worden, ihn vielleicht sogar auf den Gedanken bringen könnte, die leuchtenden Farben, die er flüchtig gesehen hatte, seien nur trügerischer Schein, der die düstere Wirklichkeit verdecke; meine Aufgabe hingegen bestand darin, ihn auf einer Bank der kleinen Terrasse zu erwarten, und wenn möglich etwas im voraus, trotz des kalten Windes, der auf dem Weg vom Kantonsarchiv zum Münster wehte und auf meine Schläfen presste wie ein schwebender Schraubstock mit arglistiger Wirkung; trotz dieses kalten, spätherbstlichen Windes, der, wie ich mir sagte, falls Wackernagel noch nicht da wäre und um so mehr, falls ich lange warten müsste, ein längeres Sitzen sehr ungemütlich werden liesse.

Doch sofort versuchte ich jene Hypothese abzulehnen, die Zweifel in meinen Geist flösste und mir heimtückisch eingab, dass zwar die Umstände wie die pünktliche Ankunft des Busses an der richtigen Stelle oder der rasche Tramanschluss einzeln genommen an sich völlig plausibel seien, doch ausser meinem Wunsch und einer aufgrund dieses Wunsches erkünstelten Logik könne nichts diese Umstände zwingen, zugunsten Wackernagels zusammenzuwirken; und in dem Masse, als ich mich der kleinen Terrasse näherte, wo meine Hoffnungen, wie ich mir sagte, nicht mehr auf einer hypothetischen Grundlage aufzubauen waren, sondern im Gegenteil auf die Schranken der Realität stiessen – oder sich dieser fügen würden, wenn mich Wackernagel vor der abgemachten Zeit lächelnd auf der Bank erwartete –, begann mir ein immer tieferer Zweifel Hirn und Bauch zu peinigen. Ausserdem bewies mir nichts, dass die Umstände, die ich mir vorgestellt hatte, auch anderswo existierten als in meiner Einbildung, obwohl keiner an sich absolut unwahrscheinlich war, und statt dass sich die Dinge so abspielten, wie ich mir vorstellte, war es ebenso gut möglich, dass ein riesiger Stau den öffentlichen Verkehr gelähmt oder dass sich Wackernagel zu dieser Zeit verlaufen hatte, da ihm die Strassen der Stadt in den ihres Anblicks entwöhnten Augen feindselig und fremd schienen. Ebenso konnte Wackernagel noch gar nicht aus der psychiatrischen und universitären Klinik entlassen sein, sagte ich mir und lachte unwillkürlich, während zu meiner Linken bereits der Club polyglotter Leser auftauchte, doch das Tragische, das durch diesen Gedanken ins Spiel gebracht wurde, verstärkte mein Lachen, statt es zu dämpfen, zu einem hemmungslosen nervösen Wiehern, das mir, die Furcht übertönend, den ganzen Körper erschütterte und den

Schritt bremste; und so schwankte ich vornübergebeugt an der Tür des Clubs polyglotter Leser vorbei, den zitternden Kopf zum Boden gesenkt.

Kurz vor der Zeit, da Wackernagel in die psychiatrische und universitäre Klinik eingeliefert worden war, hatte man oft gesehen, wie er in den grossen Saal des Clubs polyglotter Leser eintrat, in dem sich *ehrwürdige Greise,* zumeist mehr oder minder entfernte Vettern Wackernagels, abmühten, mit der Lupe die winzigen Buchstaben in der Literaturbeilage der *Neuen Zürcher Zeitung* oder auf den Wirtschaftsseiten der *Times* zu entziffern. Bei diesem Anblick bemächtigte sich Wackernagel aller aufliegenden Zeitungen einschliesslich der lokalen Käseblättchen, setzte sich ebenfalls an einen Tisch, klemmte sich eine Brille für Weitsichtige auf die Nasenspitze und begann in aller Eile zu lesen, wobei er jede Seite geräuschvoll umblätterte. Er hielt nur inne, wenn die Formulierung einer Artikelüberschrift oder das Detail einer Photographie seine Aufmerksamkeit beanspruchte und ihm würdig schien, als Beweis der geistigen Vulgarität der Redaktion zitiert zu werden, oder jener, noch schuldhafteren, des Publikums, dem die selbstgefällige Zurschaustellung ein Fressen war, das es täglich mit Gier verschlang, anstatt sich über dessen Qualität Gedanken zu machen oder eine bessere zu verlangen, da es sich nicht Rechenschaft darüber ablegte – und das war für Wackernagel am schlimmsten –, dass ihm diese tägliche Abfütterung absolut unerlässlich war, dass dieses Übermass an Neuigkeiten, eine tragischer als die andere, falls es sich um Nachrichten über Kriege und Hungersnöte handelte, oder dann heuchlerisch hochgejubelt im Fall der Kulturbeilage und der auf den Sportseiten gefeierten Siege, die Wirkung einer schleichenden Droge hatte, die heimtückisch in den Organismus eindringt und eine zunehmende Abhängigkeit hervorruft, ohne dass man davon etwas merken würde.

Mir die äusserst kritische Art meines Freundes beim Zeitungslesen in allen Einzelheiten in Erinnerung zu rufen hatte meine Nerven beruhigt und meinen Körper aufgerichtet. Tatsächlich war es nicht an der Zeit, sich kurz vor dem Wiedersehen mit Wackernagel von unbändigem Gelächter überwältigen zu lassen, von dem er gewiss denken würde – doch das setzte selbstverständlich voraus, dass sich Wackernagel bereits auf der kleinen Terrasse beim Münster befand –, es sei gegen ihn gerichtet, und das er unverblümt angreifen würde; um so mehr als Wackernagel von cholerischem Temperament war. Tatsächlich hatte ich, sei es in der Zeit, da er an der Höheren Töchterschule Französisch unterrichtete, oder später, als er im Kantonsarchiv arbeitete, oft gesehen, wie Wackernagel in heftige Wutanfälle gegen seine Kollegen ausbrach, unbekümmert um Rang und Hierarchie (ich stelle mir vor, er handelte gleich mit seinen Schülern), eine Raserei, die wegen nichts und wieder nichts ausbrechen konnte und Wackernagels Umgebung durch eine von ihm nie erwartete Brutalität erstaunte. So steigerte sich Wackernagel an mehreren aufeinanderfolgenden Samstagvormittagen in eine Schmährede gegen die Texte, die er eben gelesen hatte, und er schimpfte über die *dümmliche Masse* der Journalisten und Chefredaktoren, wobei er seine verdutzten Vettern als willige Opfer ihres Herdentriebs tadelte, die als ergebene Leser dieser Zeitungen und wegen der stillschweigenden, aber getreulichen Zustimmung gegenüber deren Inhalt zu Speichelleckern würden, einer der schändlichsten Ausdrucksformen der Blödheit; und schliesslich zu Einfaltspinseln, die mehr ihrem Magen als ihrem Denken untertan seien, denn diese Art Lektüre, entgegen jener von Werken der Literatur und Philosophie, appelliere ausschliesslich an Verdauungsfunktionen. Einmal gar, kurz vor der Internierung in der psychiatrischen und universitären Klinik, hatte Wackernagel im grossen Saal alle Fenster mit Blick auf den Strom weit geöffnet (während dieser Zeit berieten die Vettern in einer Ecke, ob man ihn unverzüglich aus dem Club polyglotter Leser ausschliessen oder diese Aufwallungen von Verrücktheit weiterhin dulden solle, da sie sich immer öfter und immer geräuschvoller wiederholten und auf die Dauer den Ruf des Clubs polyglotter Leser beeinträchtigen konnten), dann hatte er begonnen, die Zeitungen, die seine Blitze heraufbeschworen hatten, zum Fenster hinauszuwerfen, in Bündeln zu fünf oder sechs schleuderte er sie in Richtung des Stroms und erschreckte durch die unvorhersehbare Reaktion seine senilen Kritiker, die sich flugs unter die Lesepulte flüchteten. Doch trotz genauen Zielens hatten die überraschenden Geschosse den Strom nicht erreicht, und ihre Landung auf den Bäumen am Ufer dementierte das Vorhandensein eines Paktes, den Wackernagel damals mit den Elementen geschlossen zu haben behauptete, um die Fehler der Menschen zu korrigieren.

Kurz nach dieser Krise, beendet durch den hochfahrenden Auszug Wackernagels, wandten sich mehrere Personen aus dessen Umgebung an Spezialisten in Weiss, um zu bestimmen, ob man seine Internierung in der psychiatrischen und universitären Klinik verlangen solle oder nicht: Man hatte festgestellt, dass seine Wutausbrüche – die sich sowohl im Kantonsarchiv oder andernorts als auch im Club polyglotter Leser abspielen konnten – von Tag zu Tag schlimmer wurden und bedeutende materielle Schäden verursachten; man war sich der Gefahren bewusst, die dieses Verhalten auf die Dauer hervorrufen konnte; und eine oder zwei Persönlichkeiten, die einflussreicher waren als die übrigen, entschlossen sich, Spezialisten in Weiss in das Kantonsarchiv einzuladen. Dem Rufe folgend, erschienen bald einige Ärzte in geschlossener Formation – auch wenn sie sich später einzeln mit Wackernagel unterhalten wollten –, und nachdem sie ihn gesehen hatten, wiegten und wägten sie jeden der Gründe ab, die für eine Internierung sprachen, darunter hatten die Wutausbrüche ihre Bedeutung, obschon sie beschränkt waren durch eine Verquickung anderer, ebenso wichtiger Gründe, ein richtiges Geflecht von Gründen, welche die Spezialisten in Weiss in allen Einzelheiten prüfen mussten, ehe sie gemeinsam die Internierung meines Freundes Wackernagel in der psychiatrischen und universitären Klinik auf provisorische Dauer anordneten.

Diese Erinnerungen vermerkten in meinem Geist manche Verhaltensweisen Wackernagels in derart klarer Weise, dass ich den Eindruck bekam, ein fleischgewordenes Wesen an meiner Seite zu haben und nicht eine Summe von Bildern, die meine Imagination hervorgerufen hatte, während ich am Club polyglotter Leser entlangging, den Magen verknotet durch ein Mischmasch aus Furcht und Freude, das meinen Schritt hemmte und den Zeitpunkt des Wiedersehens mit Wackernagel hinausschob. Gewiss, schon in diesem Augenblick hätte ich eine Teilsicht auf die kleine Terrasse beim Münster haben können, wenn ich in einiger Distanz von der Fassade des Clubs polyglotter Leser geblieben wäre, wobei ich mich von dem für Wackernagel und mich erinnerungsträchtigen Gebäude etwas entfernt hätte, aber ich ging lieber dicht der Mauer entlang, denn ich wollte, dass Wackernagels Bild aus Fleisch und Blut, das ich zweifellos bald gewahren würde, jene detailreichen bunten Bilder, die mir flüchtig durch den Kopf gingen, auf einen Schlag ersetzen würde. Ich wollte, dass die Wirklichkeit diese Bilder überdecken würde, die gewiss mit unbestreitbaren Qualitäten bedacht und dennoch nichts als ein Prolog waren, die schlichte Ouverture zu unserer tatsächlichen Begegnung.

Die ausserordentliche Aufmerksamkeit sowie das Gemisch von Freude und Schrecken, das meine Eingeweide verknotete und die Herzschläge verstärkte, hinderten mich, als ich oben anlangte, die Landschaft der Umgebung zu geniessen, den bleichrosa Buntsandstein des Münsters, wie staubige Stickereien im kalten, spätherbstlichen Himmel, von dem ich jetzt spreche, während ich im Moment, blind für die von meinem Treffen mit Wackernagel so weit entfernte Schönheit, weder Augen hatte für Pfeiler noch für Strebebogen des Münsters, auch nicht für die Barockfassaden der grossen Bürgerhäuser rund um den Platz; und als ich auf der kleinen Terrasse ankam, in der Hoffnung (mit der mich, ohne dass ich dessen richtig gewahr wurde, die klaren, in meinem Geist aufgetauchten Erinnerungen an Wackernagel aufheiterten, während ich an der Fassade des Clubs polyglotter Leser entlangging, Erinnerungen, die trotz düsterer Farben so verschieden waren, dass ich, während sie in meinem Gedächtnis abspulten, den Eindruck hatte, bereits in Wackernagels Gesellschaft zu sein), dort meinen etwas früher angekommenen Freund zu treffen, der mich auf einer Bank erwartete, musste ich enttäuscht feststellen, dass er nicht da war, auch sonst niemand auf der kleinen, an jenem Samstag kurz vor elf Uhr vormittags völlig menschenleeren Terrasse. Ich machte mehrmals die Runde, wobei ich zwei-, drei-, viermal an denselben Stellen vorbeikam, eine Art wie eine andere – auch wenn eine solche Suche nichts erbrachte –, meinen Körper zu bewegen und die grosse Erregung zu beruhigen, die mich schliesslich, falls ich nichts dagegen unternahm, völlig überwältigt hätte (und dies zweifellos im Moment, da sich Wackernagel entschlösse, auf der kleinen Terrasse beim Münster anzukommen), was die Sache nicht besser machte. Ich erinnere mich, dass meine Uhr in diesem Moment genau fünf Minuten vor elf zeigte, und wahrscheinlich ging sie nicht vor, denn ich hatte sie am Vorabend nach der Sprechenden Uhr des Telephons gerichtet. Ich durfte deshalb mit Recht annehmen, dass es genau in diesem Moment fünf vor elf war, nicht früher und nicht später, und ich hatte jetzt keinen Grund zur Besorgnis über Wackernagels

Ausbleiben, wie ich mir einzureden versuchte, um die Nerven zu beschwichtigen, keinen stichhaltigen Grund, ihm dieses Ausbleiben vorzuwerfen. Und falls er auch eine Minute oder zwei zu spät käme, was übrigens völlig sein Recht war; auch wenn Wackernagels Verspätung zweifellos meinen Mut auf eine harte Probe stellen würde, wäre ich in der Lage, Wackernagel Widerstand zu leisten, falls ich mich nicht von meinen Gefühlen überwältigen liesse, sondern mich bemühte, der Lage die vernunftgeleitete Aufmerksamkeit zu schenken, derer sie bedurfte. Eben hatte ich mich auf eine Bank am rechten Ende der Reihe gesetzt, damit ich von Wackernagel gesehen würde, wenn er auf der kleinen Terrasse einträfe, und mich von Zeit zu Zeit umdrehen konnte, um nach ihm auszuspähen; doch die sitzende Stellung vermochte nicht im geringsten die dunklen Gedanken zu verscheuchen, die mich seit geraumer Zeit durchfluteten, während ich Wackernagel bemerkenswerte Eigenschaften zuschrieb, um Körper und Geist zu beruhigen und den bedrohlichen Gedankenstrom abzudeichen oder doch wenigstens zu kanalisieren. Ich warf einen Blick auf das Gebäude des Clubs polyglotter Leser, wie um zu erbeten, es solle mich durch seine substantielle Wirklichkeit, seine massige Präsenz schützen; und der Anblick der drei seitlichen Fensterreihen liess mich wieder an Wackernagel und seine Rasereien denken, deren Ausbruch dermassen unvorhersehbar war, dass wir sie – mit „wir" meine ich uns, nahe Bekannte Wackernagels, die wir für ihn Wertschätzung und Freundschaft fühlten – mit Bombenattentaten oder Naturkatastrophen in Verbindung brachten; zornige Erregungen, derart präzis im unversöhnlichen Verlauf, derart koordiniert im Verlust der Selbstkontrolle (in diesem Stadium meiner Gedanken sah ich Wackernagel wieder methodisch drei Bände einer italienischen Enzyklopädie vernichten, die, wie er erklärte, voll von Fehlern war, und seelenruhig den grossen Saal des Clubs polyglotter Leser verlassen, nachdem sein Werk vollbracht war), dass sie zumeist den Eindruck machten, als seien sie vorausbedacht oder folgten jedenfalls einer Katastrophenlogik mit mysteriösem Antrieb. Ich glaube, dass ich durch den engen Umgang mit Wackernagel schliesslich einen Teil dessen begriffen hatte, was hochfahrende Selbstsicherheit, sackgrobe Kernsprüche und flatterhafte Launen an feiner Empfindsamkeit an ihm verdeckten, eine Dimension der Persönlichkeit, die ich erst erfassen konnte, als ich ihn etwas besser kannte. So begann ich zu verstehen, dass sein Verhalten ein wunderwirkendes Mittel darstellte, um vor den Augen von Neidern, die ihn nur zu besudeln und zerschmettern suchten, einige seiner Charakterzüge zu verheimlichen. Darüber hinaus war diese äusserliche Verhaltensweise – und damit vermochte sie meine Bewunderung zu wecken wie auch jene aller Leute, die, von nah und fern, mit Wackernagel in Verbindung standen – eine listig ausgeheckte Konstruktion, mit kunstvollen Mechanismen, zwar auf unsicheren Grund gebaut, dessen Beschaffenheit den Widerstand gegen alle Belastungsproben aber um so erstaunlicher machte. Und sogar seine Wutausbrüche, die stets von einem geheimnisvollen, unaufhaltsamen Drang verursacht schienen, verstiessen mit ihrem gewaltsamen Ausdruck nicht gegen die ausserordentliche geistige Disziplin, die sich Wackernagel mit seinem zartfühlenden Temperament geschaffen hatte; genauer: sie bildeten konstitutive Teile dieses Monuments einer strengen Geometrie, errichtet auf der Basis von inneren Strukturen, die a priori Naturen solcher Art feindlich waren. Diese Katastrophenlogik Wackernagels vermochte tatsächlich mein Verhalten zu beeinflussen, sie hatte alles für sich, um für mein künftiges Handeln vorbildlich zu sein, während mein Geist von einem Strom von Gedanken durchflutet wurde, denen ich nun nichts mehr entgegenzusetzen hatte; während Wackernagel durch eine absolut vorbildliche Disziplin in der Lage war, die Verzweiflung durch Schweigen zu dämpfen oder völlig zu unterdrücken. Deshalb hätte ich gern gehabt, dass mir mein Freund durch die zeitliche und räumliche Distanz (jene der Zeit auch in dem Masse, als Wackernagel, der kluge Planer seiner Verhaltensweisen, ein Wackernagel im Vollbesitz seiner Kräfte war, der noch nicht sechs Monate Spezialbehandlung erduldet hatte, deren tägliche Anwendung geeignet war, wenn auch zu therapeutischen Zwecken, also an sich lobenswert, manche der bemerkenswertesten Komponenten seiner Persönlichkeit, zu denen die Zorneruptionen gehörten, zu ersticken) etwas von seiner Lebensdisziplin vermittelt und in meinen ermüdeten Körper und Geist eingebracht hätte.

Obschon lobenswert, seien die Wunschziele von Wackernagels Behandlung in der psychiatrischen und universitären Klinik nichts als Utopie gewesen, dachte ich; auf keinen Fall könne weder die *Heilung* Wackernagels *total* sein noch sein *Geist* wieder ins *Gleichgewicht* kommen, in dem Masse, als bemerkenswerte Persönlichkeitszüge Wackernagels – wie seine Wutausbrüche – in den Augen der meisten Menschen niemals anders als anormal erscheinen könnten, verdächtig, völlig verrückt; und es war sehr wohl möglich, dass der Wackernagel, den ich in Kürze sähe, sofern wir uns wiederfänden, nichts mehr gemein hatte mit jenem, den ich gekannt hatte vor seinem Aufenthalt in der psychiatrischen und universitären Klinik, und dass er nur noch ein moribundes Wrack wäre, dessen Verhalten mitnichten das meinige bestimmen könnte, ein *Geheilter* im Sinne der meisten Leute und vielleicht auch der Spezialisten in Weiss, das heisst innerlich leer, buchstäblich vernichtet. Im übrigen war mir nicht unbekannt, dass sich Wackernagel verändert hatte, dass er, wenn man so sagen konnte, ein anderer geworden war, schon bevor ihn ein gewisser schwarzer Mercedes mit medizinischem Kürzel im Kantonsarchiv abholte, um ihn in die psychiatrische und universitäre Klinik zu transportieren: Tatsächlich hatte ich in den Tagen vor der Ankunft des schwarzen Mercedes Dissonanzen in Wackernagels Verhalten entdeckt, denen ich trotz aller Anstrengungen keinen Leitgedanken zuordnen konnte, da ich feststellen musste, dass sie einer Logik folgten, deren Gesetze mir fremd waren (und ich glaube, es war besser für mich, dass sie es blieben). Ich entsinne mich, dass in jenen Tagen Wackernagels Rasereien aus absurden Gründen ausbrachen und sich im schlimmsten Sinne des Wortes zu systematisieren, unaufhörlich zu wiederholen drohten, ohne jeglichen Grund, wie eine Mechanik, die ausser Kontrolle gerät; und wenn mich die Ankunft der Spezialisten in Weiss vorerst zutiefst schockierte, wenn sie mich empörte gegen alle, die aus irgendeinem Grund Wackernagel in der psychiatrischen und universitären Klinik internieren wollten, so ist es nicht weniger wahr, dass ich diese Internierung nicht zu verhüten suchte (ich hätte, kraft der Kenntnisse über Wackernagel, die ich unserer langjährigen Freundschaft verdanke, versuchen können, all diese Leute davon abzuhalten, die unheilvolle Maschinerie in Bewegung zu setzen, indem ich zum Beispiel für eine hypothetische Besserung Wackernagels gebürgt hätte, die sich erfahrungsgemäss jeweils nach einer Krise einstellen würde); und nachdem der Schockzustand überwunden war, in den mich Wackernagels Internierung gestürzt hatte, wandte ich mich nicht deutlich gegen den von gewissen Mitgliedern des Clubs polyglotter Leser mit Unterstützung einiger Kollegen Wackernagels gefassten Entschluss, ihn durch die Spezialisten in Weiss untersuchen zu lassen, die eines Morgens im Kantonsarchiv auftauchten und, nachdem sie sich mit ihm unterhalten hatten, den schwarzen Mercedes bestellten, der ihn in die psychiatrische und universitäre Klinik bringen sollte.

Als ich Wackernagel auf der kleinen Terrasse beim Münster erwartete, genügte es mir daher, mir genauestens den Zustand der geistigen Gesundheit meines Freundes kurz vor seiner Internierung vorzustellen, wieder an die Besorgnis zu denken, die dieser Zustand damals in mir auslöste, um zur Überzeugung zu gelangen, dass eine Übertragung der Lebensdisziplin, die er wahrscheinlich während seines langen Aufenthalts von sechs Monaten verloren hatte, auf Distanz, das heisst rein räumlich, undenkbar sei. Im Gegenteil, ich konnte meinen Versuch nicht auf Freund Wackernagel abstützen, der nunmehr seiner früheren Kraft und Disziplin beraubt war, und ich wäre nur auf mich allein angewiesen, um den düstern Gedankenfluss zu überwinden, der mich mit sich fortriss. Auf der Bank war mir kalt, mein ganzer Körper wurde vom spätherbstlichen Wind durchschauert; indessen war ich unfähig zu jeglicher Bewegung, reglos wartete ich auf Nachsicht irgendwelcher Art, die ausblieb, ich tat nichts anderes als nachzudenken und manchmal zu versuchen, meinen Herzschlag zu hören, den Rücken gegen die Banklehne gestemmt; so lauschte ich während Minuten auf die leicht feststellbare Steigerung des Herzrhythmus, fühlte die Glieder schwerer werden, fast versinken in jene Art passiven Widerstands gegen alles, was uns widerfährt; der Schlaf mag ihn darstellen, dem sich nach den Gliedern, wie ich mir sagte, möglicherweise auch der Geist bald fügen würde; jetzt bekräftigten die rascheren Herzschläge, was in mir an körperlicher Vitalität blieb, sie zeugten von einem wahrhaftigen Kampf im Körperinnern, pulsten den Blutstrom, der, wie ich dachte, schon durch seine Lebendigkeit, seine fühlbare Verstärkung, sehr wohl hätte seine Schranken überfluten und mich in eine Herzkrise oder einen andern tödlichen Schadensfall treiben können. Zwei- oder dreimal hatte ich meinen Kopf in die Richtung des Clubs polyglotter Leser gedreht, konnte aber Wackernagels Silhouette nicht erkennen (jene Silhouette, vor der Einlieferung in die psychiatrische und universitäre Klinik, schlaksig und schlank, die nun vielleicht diejenige eines molligen, sogar beleibten Mannes war, und dies infolge täglicher Einnahme von Medikamenten, die ihm die Ärzte der psychiatrischen und universitären Klinik verschrieben hatten); ich sah ihn nicht auf mich zukommen, von der Fassade des Clubs polyglotter Leser her, der einzigen Stelle, an der Wackernagel auftauchen konnte, nachdem er, zweifellos mit Mühe, die steile Gasse hinaufgestiegen war, welche die Haltestelle mit der Augustinergasse verbindet – und ich bedauerte, dass ich vorgeschlagen hatte, ihn hier auf der kleinen Terrasse beim Münster zu erwarten, anstatt ein Treffen direkt in der Nähe einer Bus- oder Tramhaltestelle zu vereinbaren und damit Wackernagel unnötige Bemühungen zu ersparen, zu vermeiden, dass der durch sechs Monate Internierung in der psychiatrischen und universitären Klinik bereits geschwächte Wackernagel an unserm Treffpunkt völlig entkräftet ankommen würde –, dann wäre er durch die Augustinergasse gestelzt, nach links abgebogen und etwa zweihundert Meter geradeaus weitergegangen; aber ich war weit davon entfernt, sicher zu sein, dass diese geographischen Merkpunkte, an die ich mich besann, um mich zu beruhigen, auch jene auf Wackernagels Route waren (was nur der Fall sein konnte, wenn er das Tram bis zur Endstation genommen hatte), und falls mein Freund statt mit dem

Autobus zu Fuss oder per Tram gekommen wäre, oder mit beiden zusammen, entschlossen, die Geographie der Stadt auf Schusters Rappen wieder kennenzulernen, schien meine Annahme, dass er unbedingt beim Club polyglotter Leser auftauchen würde, höchst ungewiss, wogegen zahlreiche andere Routen möglich waren (Wackernagel konnte zum Beispiel von einem der beiden Enden des Münsterplatzes, gegenüber dem Club polyglotter Leser und der kleinen Terrasse ankommen oder auch von einer Quergasse, die direkt zum Münster führte). Und auch wenn mir eine übernatürliche Sehschärfe erlaubt hätte, auf einen Blick alle Endpunkte der möglichen Wege Wackernagels zu erfassen, war es dann nicht fast sicher, dass mein Freund von einer Seite kam, deren Existenz ich nie geahnt oder von der ich wenigstens nicht gedacht hätte, dass man sie beschreiten könnte, um zu der kleinen Terrasse vor dem Münster zu gelangen; und dies in einem Moment, in dem ich, zweifellos des ewigen Kopfdrehens müde, meine Beobachtungen unterbrochen hätte? War es nicht offenkundig, dass ich an allen wichtigen Verabredungen meines Lebens, und nicht nur an jenen mit Wackernagel, überrascht wurde – sei es im guten oder im schlechten Sinne –, wenn ich es nicht erwartete, da ich von den versteckten Arztrezepten, anders gesagt den Ursachen, dieser Verabredungen lediglich das begriff, was mir meine beschränkte Intelligenz und Senisibilität wahrzunehmen erlaubte? So glaubte ich auch im vorliegenden Fall der Verabredung mit Wackernagel zu wissen – vorausgesetzt, er war wirklich aus der psychiatrischen und universitären Klinik entlassen worden –, dass mich mein Freund jetzt zu treffen, sich wieder zurechtzufinden suchte in der städtischen Geographie, im Netz der öffentlichen Verkehrslinien, doch was konnte ich über Lappalien seiner Reiseroute sagen, da ich wusste, dass mir ein Teil dieser Route, sogar wenn ich mich im richtigen Moment umdrehte und ihn plötzlich von ferne auf mich zukommen sah, undurchsichtig blieb – es sei denn, ich befragte Wackernagel in dieser Sache, wobei ich weit entfernt davon war, seinen Antworten zu trauen –, ebenso wie die tieferen Gründe, die ihn bestimmt hatten, eine Route der anderen vorzuziehen; auch im Wissen, dass hinter dieser Verabredung Gründe steckten, die mir völlig entgingen und sich jedem meinerseitigen Versuch des Verstehens entzogen?

Im Lauf der Jahre hatte mich die tägliche Erfahrung ähnlicher Situationen nach und nach zum Glauben geführt, mein Leben sei nur eine Lotterie, ein Spiel um lächerliche Beträge mit ein für allemal festgelegten Regeln, und ich würde geführt wie ein simpler Bauer im Schach, bewusst, manipuliert zu werden, doch unfähig, an diesem Zustand was auch immer zu ändern, ein Bauer, den die Instanz, die seine Züge lenkte, schlechtweg aus seelischer Grausamkeit mit einem feinen Gespür für die Begebnisse bedacht und ihm zugleich klar bedeutet hatte, dass er nicht die Mittel besitze, um sich aus der Klemme zu ziehen. Meine Verabredung mit Wackernagel war nur ein Versuch von meiner und Wackernagels Seite, das Schicksal zu unsern Gunsten spielen zu lassen, unsere beiden Lebensbahnen in einem *Treffpunkt* zu vereinigen; sie stellte einen gewissen Einsatz dar, von dem ich gedacht hatte – nicht im Moment des Telephonanrufs, sondern später, nach Analyse der Lage –, er könne uns beiden vieles bringen; mir, neu ermutigt, einen Freund in der Person Wackernagels wiederzufinden, glücklich, die verwirrte Lage zu klären, die unsere Freundschaft verdüsterte; auch dem Freund Wackernagel, gestützt vielleicht durch meine Präsenz, meine Ermutigung, in seinem neuen Leben ausserhalb der psychiatrischen und universitären Klinik. Nun aber, da der Erwartete beunruhigenderweise immer länger ausblieb, hatte ich den Eindruck, langsam verschwinde alles, was ich auf dieses Treffen gesetzt hatte, alles, was für seinen Teil Wackernagel darauf gesetzt hatte (angenommen, dass er überhaupt darauf gesetzt hatte, wessen ich, genau gesehen, alles andere als gewiss war); ich fühlte auf einmal, dass ich in diesem Spiel, von dem ich so viel erwartet hatte, am Verlieren war, auch wenn ich ohne Einfluss darauf sein würde, und zwang mich, solch schrecklichen Gedanken nicht nachzugeben und abzuwarten, ohne überflüssige Bewegungen wie aufstehen oder sich auf die Suche nach Wackernagel machen, denn im Stadium, in dem ich mich befand, war jede Bewegung überflüssig und konnte nichts an der Lage ändern. Das einzige, was mir zu tun blieb, war, darauf zu harren, wie sich die Minuten aneinanderreihten, und mir zu sagen, dass Wackernagel, auch wenn er sich offenbar verspätete, schliesslich doch noch zu irgendeiner Zeit eintreffen würde, und falls eine Verkettung von Umständen dergestalt wirkte, dass er nicht kommen konnte, so müsste ich mich wohl dazu entschliessen, die kleine Terrasse beim Münster so oder so zu verlassen. Doch jetzt konnte ich jede Art von Entschluss noch für eine gute Weile hinausschieben, ich sass zum Glück auf einer Bank, die meinem schlappen Körper einen sichern Halt bot, ihn mit solider Kraft stützte; während sich vor meinen Augen auf der andern Seite des Stroms schöne weisse und blaue Fassaden aneinanderreihten, aus denen da und dort ein klobiges Hochkamin einer Chemiefabrik hervorstach, mit einigen Berggipfeln im Hintergrund, eigentlich ein ganzes Panorama, das sich vor dieser baumbestandenen Terrasse ausdehnte, von der aus man Sicht auf die grünen Fluten des Stroms hat und auf die Höhen des Schwarzwalds, wie dies ein Baedeker des letzten Jahrhunderts bezeugt. Während ich diese dauerhaften Dinge aus undenklichen Zeiten betrachtete, versuchte ich mir einzureden, dass ich mich zu Unrecht beunruhige über die Treffpunkte, die sich ständig meinem Griff entzogen, sich vor mir verbargen, und mir zu sagen, dass so alles wohlgeordnet sei und sich nichts von dem, was ich vor mir sah, seit seiner Schaffung verändert hatte und dass meine Gedanken, kraft ständiger Richtungswechsel, die einzige Ursache meiner Erregung seien. Um mich in dieser Sicht der Dinge zu bestärken, hatte ich begonnen, die Bank, auf der ich sass, mit Papiertaschentüchern zu reinigen, so als wollte ich dadurch meinen Dank für ihre tragende Rolle bezeugen, für die solide Basis, die sie meinem ermatteten Körper lieferte und mich dabei fast den kalten spätherbstlichen Wind vergessen liess, der mir in den Rücken wehte und das Bedürfnis weckte, mit einigen höchst realen und mit Händen greifbaren Objekten freundschaftliche Verbindungen aufzunehmen; mit Bänken, Brillen, Hüten, dauerhafte interessante Beziehungen einzugehen; während ich früher meine Aufmerksamkeit nur Menschen zuwandte, besonders meinem Freund Wackernagel, wobei ich so weit ging, in dem tadellosen System, das den Ablauf seiner Wutausbrüche lenkte, eine höhere Form des Geistes zu sehen, der Wackernagel gestattete, sein Leben genau so zu führen, wie er wollte; und wenn ich mir auch bei ihrer Erwähnung in der Öffentlichkeit den Anschein gab, sie zu missbilligen, so waren sie mir eigentlich von sehr grossem Nutzen. Man spürte in Wackernagel, trotz all seiner Verzweiflung, eine derartige Energie – im Gegensatz zu meiner weichen und resignierten Haltung –, dass auch ein sechsmonatiger Aufenthalt in der psychiatrischen und universitären Klinik nicht diese ganze Konzentration wertvoller Eigenschaften zunichte gemacht haben konnte. Die Mittel, die eingesetzt wurden, um

Wackernagel zu pflegen, konnten trotz ihres Ausmasses seine Persönlichkeit nicht völlig vernichtet haben; und wenn auch anzunehmen war, dass ich ihn in einem eingeschränkten Zustand wiedersehen würde, dass er nie mehr jenem Mann, der er vorher war, völlig gleichen würde, so musste man nicht weniger annehmen, dass trotz allen Anscheins seine tiefsten Persönlichkeitsschichten zweifellos nicht betroffen waren, worüber ich mich freuen musste (auch wenn ich ihn in der Folge nicht mehr als Vorbild nehmen konnte, wie ich es vor seinem Aufenthalt in der psychiatrischen und universitären Klinik getan hatte; auch wenn von nun an eher er sich auf mich stützen würde, jedenfalls während einer Zeit, da dies nötig war); und jener Mut, über seine ersten Schritte ausserhalb der psychiatrischen und universitären Klinik zu wachen, ihn bei der schrittweisen Readaption an das Leben in der Stadt zu unterstützen, würde sich gelohnt haben, sobald ich bei Wackernagel ein einziges Anzeichen einer Verbesserung des Zustands bemerken würde.

Indessen war nicht zu bestreiten, dass die Behandlung in der psychiatrischen und universitären Klinik manche Züge seiner Persönlichkeit in beunruhigender Weise umgestaltet hatte. Vorerst war die Stimme, die ich am Telephon hörte, in einem solchen Masse verändert, dass ich sie nicht sofort wiedererkannte. Die zuvor vertraute klare, langsame Diktion hatte sich tatsächlich in eine abgehackte Redeweise verwandelt; die frühere Regelmässigkeit und Ruhe war ersetzt durch eine zusammenhanglose Folge von Tönen, eine scherbelnde Kakophonie (höhere und tiefere Laute griffen in einem dicken Geräuschnebel übereinander, aus dem einige meinem Ohr vertraute Akkorde auftauchten und sofort wieder darin versanken), eine Kakophonie, die aus weiter Ferne zu kommen schien; während ich mich am andern Ende des Drahtes anstrengte, für die Antworten einen sanften Ton anzuwenden, und ein Spässchen einflocht – damit er sich vom Schock erhole, den meine Unfähigkeit, seine Stimme am Telephon wiederzuerkennen, zweifellos verursacht hatte –, wahrscheinlich etwas zu aufdringlich (nachher dachte ich, dass dieses Spässchen Wackernagel vielleicht noch tiefer in seine eigenen Schwierigkeiten gestossen und ihn davon überzeugt hatte, dass er sich in einem jämmerlichen Zustand befinde, gerade recht, um das Mitgefühl von Freunden und vorgeblichen Freunden zu erheischen, die ihn, musste er sich gewiss sagen, künftig nicht mehr wie zuvor behandeln würden – das heisst mit Respekt und Bewunderung –, sondern wie ein unrettbares Friedhofgemüse. Und vor allem hätte es ihn durch den Anflug von Heuchelei verletzt). Anderseits hatte ich Aussagen von – vertrauenswürdigen – Personen, die Wackernagel während seines Aufenthalts in der psychiatrischen und universitären Klinik in der Stadt begegnet waren, auf dem einen oder andern Ausgang, den man ihm zugestanden hatte; und es ging daraus hervor, dass Wackernagels äussere Erscheinung nun geeignet war, selbst abgehärtetste Beobachter zu erschrecken. Am meisten beunruhigte bei weitem nicht, dass er zugenommen hatte – auch wenn die Berichte in dieser Beziehung nicht übereinstimmten: Einer der Zeugen versicherte mir, mein Freund habe noch mehr abgenommen, ein anderer dagegen wollte beschwören, dass Wackernagel in der psychiatrischen und universitären Klinik um gut zwanzig Kilo zugenommen habe (woraus ich schliesse, dass Wackernagels Gewicht unverändert geblieben war und dass sich meine aufeinanderfolgenden Beobachter durch ihre Phantasie täuschen liessen). Hingegen hatte sein Gang – und darin waren sich alle Beobachter einig – an Schwungkraft und Elastizität verloren, die nun beide ersetzt waren durch staksige, marionettenhafte Verrenkungen, ein wenig, als ob Wackernagel versucht hätte, seine Gangart auf einen Militärmarsch abzustimmen. Man erzählte mir, dass er Schritt für Schritt vor sich in die Luft kickte, dabei die Schuhspitzen fixierte und endlose Selbstgespräche führte, manchmal jählings anhielt und um sich blickte, als suche er den richtigen Weg, wieder loszog, dazu hie und da mit dem Fuss Papierfetzen wegstiess, die er auf dem Wege fand, niemanden erkannte – oder so tat, als kenne er niemand –, und mit dem albernen Gebärdenspiel eines Clowns jeden davon abhielt, sich ihm zu nähern und sich nach seinem Befinden zu erkundigen. Was mich an diesen Berichten von Leuten, die Wackernagel genügend kannten, um von ihm differenziert und nachsichtig zu sprechen, sehr beunruhigte, war weniger das Detail der Verhaltensweisen, die, einzeln genommen, unter gewissen Umständen sehr wohl denjenigen Wackernagels vor der Einlieferung in die psychiatrische und universitäre Klinik ähneln konnten, sondern dass diese Haltungen (die früher Merkpunkte eines Lebensplans mit säuberlich in verschiedenen Schubladen klassierten Teilen eines zusammenhängenden Ganzen waren, von denen jeder eine ganz bestimmte Funktion hatte: die Selbstgespräche jene,

Wackernagels Gedankenstrom in mündlichen Ausdruck zu übertragen, dann die Übersetzung dieses Stroms für ein fiktives Publikum, dessen Einwände er anschliessend in einer Art dialektischen Kleintheaters in Szene setzte, das ihm die Einsamkeit zu bekämpfen erlaubte; der ruckweise Gang gab von ihm, wenn er auf der Strasse ging, ein lächerliches, karikaturähnliches Bild, das ihn vor jedem äussern Kontakt schützte –, denn manchmal, hatte er mir gesagt, ertrug er es nicht, wenn sich ihm jemand auf der Strasse näherte, auch wenn es sich um einen guten Freund handelte, der ihm die Hand schütteln wollte) seiner Kontrolle entglitten waren, dass diese früher derart beherrschten Verhaltensweisen jetzt jeglichen Existenzgrundes bar und zur läppischen Parodie ihrer selbst vor Wackernagels Einweisung in die psychiatrische und universitäre Klinik geworden waren. Tatsächlich versicherten mir sämtliche Zeugen, die ich traf, sie hätten, als sie ihn sahen, keinerlei Logik im Benehmen Wackernagels festgestellt (seine Art des Daseins glich eher derjenigen mancher geistig Behinderter, von denen man meinen könnte, sie persiflierten auf übertriebene Weise einfache Handlungen aus dem Alltag wie Essen, Aufstehen, Gehen, Rennen), und überzeugten mich davon, dass Wakkernagel nun von innern Dissonanzen beherrscht werde, vor denen ich mich unbedingt schützen müsse. Gewiss, während der Tage vor der Einlieferung Wackernagels in die psychiatrische und universitäre Klinik hatte ich Gelegenheit, mich davon zu überzeugen, dass seine ausserordentliche Selbstbeherrschung zuweilen versagte, bedroht war von obskuren Kräften – ich könnte sie nicht anders bezeichnen –, die in seinem Innern lauerten, nach und nach die Oberhand bekamen und nun in jeder einzelnen Handlung Wackernagels ihren Willen durchsetzten. Doch diese Ausrutscher, auch wenn sie beunruhigten, hatten niemals Wackernagels Widerstandsfähigkeit vermindert, und früher hatte ihn ihr temporärer Charakter nie daran gehindert, alle Fähigkeiten seines Geistes wiederzuerlangen.

Allerdings liessen die Aussagen, die ich hörte, praktisch keinen Zweifel, dass Wackernagel nun stärker erschüttert war als in seinem ganzen bisherigen Leben (einbegriffen die paar Tage vor seiner Überführung in die psychiatrische und universitäre Klinik), um so mehr, als man ihn auf diese Weise in der Stadt umherzuckeln sah, da sein Klinikaufenthalt bereits drei, vier oder gar fünf Monate dauerte. Dieser Zustand konnte somit keinesfalls irgendeiner *präliminaren Therapieetappe* entsprechen; die drei, vier oder fünf Monate widerlegten die Ansicht, wonach der Mangel an Koordination in Wackernagels Bewegungen einer der Behandlungsphasen entsprechen konnte, auf welche andere Phasen folgen würden, bis zur *völligen Genesung* Wackernagels; sie betonten im Gegenteil als Evidenz, dass Wackernagel im schlimmsten Sinne des Wortes verändert war durch die Länge des Aufenthalts und dass dem gegenwärtigen Zeitpunkt der Behandlung zweifellos nicht die von der Ärzteschaft der psychiatrischen und universitären Klinik erhoffte *völlige Genesung* entsprach, sondern Verhaltensweisen eines Schwerkranken, Marionettenbewegungen, begleitet von langen Selbstgesprächen, abgehacktes Sprechen und ruckweise Gangart; nichts mehr von Harmonie und Gelöstheit wie zuvor. Und wenn sich auch die Erfolge der Behandlung mit der Zeit schliesslich vielleicht abschwächten; falls er einen Teil des heute verlorenen oder jedenfalls vermissten Gleichgewichts wiederfinden sollte, so wäre er doch nie wieder *der* Wackernagel, der er in glücklicheren Zeiten gewesen war. Und das langsame Wiedererlangen gewisser verlorener oder vermisster Fähigkeiten durch Wackernagel (denn niemals würde er alle wiedererlangen können, dachte ich), angenommen, es käme eines Tages dazu, brauchte mindestens mehrere Jahre, liesse während all dieser Jahre noch die dissonanten Missklänge ertönen, die aus seinem Marionettengang, seiner ruckartigen Aussprache, seinen langen Selbstgesprächen bestanden; er könnte sie gewiss nach und nach mässigen, doch niemals gänzlich zum Schweigen bringen.

Wenn ich meinerseits zugestand, dass Wackernagel eines Tages wenigstens einen Teil seiner heute verlorenen oder vermissten Fähigkeiten wiedererlangen konnte, so blieb nichtsdestotrotz, dass ich ihn während einer langen Periode zu behandeln hatte wie einen Kranken, auf die Gefahr hin, dass ich, hatte ich mich nur erst an seinen Zustand gewöhnt, immer weniger in der Lage sein würde, einen Ausweg zu erkennen, und dass dem ersten Aufschwung von Hilfsbereitschaft, in der Hoffnung, ihm bei der Befreiung aus diesem Zustand beizustehen, der bedenkliche Wunsch folgen würde, ihn in diesem Zustand zu belassen. In diesem Fall hätten sich meine Ohren bis zum Ende die misstönende Musik anzuhören, an die sie sich – und diese Aussicht flösste mir Entsetzen ein – schliesslich gewöhnten, so wie Wackernagel –

den die in Geist und Organismus durch die tägliche Einnahme von Medikamenten verursachten Veränderungen und die Tatsache, einhellig als krank betrachtet zu werden, auf diesem Wege ermutigen würden – sich mit grösster Wonne hingäbe, darin unerwartete Wollust fände und auch einen ebenso befriedigenden Lebensstil wie jenen, den er vor seiner Einlieferung in die psychiatrische und universitäre Klinik gepflegt hatte. Wenn ich auf verderbliche, fast unbewusste Weise auf das Selbstmitleid des Kranken meine Komplizenschaft als Krankenpfleger, oder wenigstens als Freund, aufpfropfte, war sehr zu befürchten, dass weder er noch ich dieser Lage zu entkommen versuchten, wobei sie sich nicht verbessern, sondern vielleicht sogar verschlechtern würde, und dass Wackernagel in seinem traurigen Zustand verbliebe, in dem ich mich ihm nach und nach zugesellte. Somit ist es verständlich, dass ich die Zukunft mit so viel Besorgnis fürchtete (und nicht nur die zeitlich grosszügig dargebotene Zukunft, von der ich mir bisher vorgestellt hatte, sie könne Wackernagel erlauben, mit Hilfe meiner aufmerksamen Freundschaft all seine Kräfte wiederzufinden, die bei der Entlassung aus der psychiatrischen und universitären Klinik fehlen würden; und in der ich auch gerne in seiner Person eine lebendige Stütze gefunden hätte – mit einem Wort eine idyllische Zukunft, die von Tatsachen nicht rückgängig zu machen war –, doch die nahe Zukunft, zu der die Ankunft Wackernagels auf der kleinen Terrasse beim Münster gehörte, unsere verlegene Begrüssung, die wenigen Augenblicke, in denen wir uns, da wir nicht recht wussten, was tun, nach kurzer Überlegung in den Teesalon nahe der kleinen Terrasse beim Münster begeben würden – denn Wackernagel, unverpflegt aus der psychiatrischen und universitären Klinik entlassen, hätte zweifellos vorgeschlagen, zusammen etwas zu essen –, in dem er zur Zeit, da ihm sein Französisch-Lehramt an der Höheren Töchterschule viel freie Zeit liess, ganze Nachmittage verbracht hatte, und dessen Patisseriewagen, die sich von Tisch zu Tisch bewegten, ihm einige *entscheidende und endgültige Gedanken* inspirierten). Tatsächlich hatte er dort oft gewisse Stammgäste ertappt, besonders ein paar alte Damen aus der besseren Gesellschaft der Stadt, die mit lüsternen Augen nach dem auf dem Wagen verlockend präsentierten Backwerk schielten, dann ein Stück erhaschten und mit einem Biss verschluckten, wobei sie in diesem Augenblick, wie er sagte, ihr angeborenes Benehmen verloren, den ganzen Lack guter Gesittung, und plötzlich nicht mehr dem Ziel entsprachen, das die von ihnen genossene Erziehung – zu jener die Tatsache zählte, nur schickliche Lokale wie den Teesalon am Marktplatz aufzusuchen, in Begleitung von nicht weniger schicklichen Personen – mit ihnen anstrebte, sondern bereits jenen Leichen, die sie bald sein würden, *werdende Leichen,* die sich mit *irdischer Nahrung* mästeten, um ihr trauriges Schicksal zu vergessen, und damit Wakkernagels Idee bestätigten, wonach Teesalons, Restaurants, Cafés jeder Art nichts anderes seien als Vorzimmer der Moribunden-Abteilung in Kliniken allgemeinmedizinischer Richtung (die Patisseriewagen mit ihren Rollen und Metallgestellen entsprachen seiner Ansicht nach modernen Hotelbetten; und den süssen Leckereien, die unter einer Glashaube verlockend ausgestellt waren, entsprach eine praktische Wirkung, die derjenigen der über den Bettlägerigen aufgehängten Flasche mit rettender Flüssigkeit glich, deren Inhalt man am Tropf in die Venen einflösst). Doch die Tatsache, dass Wackernagel das Lokal gut kannte und aus verschiedenen Gründen schätzte (so wegen der Qualität der Gurkensandwiches oder wegen der freien Sicht auf das Rathaus), hätte mich ermutigt, es ihm als mögliche

Destination vorzuschlagen. Das wäre eine risikofreie Wahl, da er früher so viele Stunden hier verbracht hatte, dachte ich: Wenigstens hier könnte er sich mit geschlossenen Augen zurechtfinden. Dennoch, wenn sich Wackernagel jetzt in einem derart armseligen Zustand befand, wie ihn vertrauenswürdige Leute in der Stadt gesehen hatten, ruckweise gehend, lange Selbstgespräche mit Blick auf die Schuhspitzen führend, so würde er vielleicht die Örtlichkeiten nicht mehr wiedererkennen und zum Beispiel die Lage der Toiletten mit derjenigen der Garderobe verwechseln, und was von ihm an vernunftbegabter und sensibler Persönlichkeit blieb, würde davon völlig durchschaudert. Und wenn er, auf eine noch folgenreichere Art, beschloss, wieder zu demjenigen zu werden, der er gewesen war, wenn er, um mir zu beweisen, dass der sechsmonatige Aufenthalt seine Natur keineswegs verändert habe, aus dem Handgelenk einen seiner berühmten Skandale veranstalten würde; wenn er, wie er sich früher über die Meringue-Esserinnen erregte, plötzlich Zwietracht säte, die Fracht der Patisseriewagen zu Boden und an die Wände schmetterte, was könnte ich dann tun, wenn nicht ihn zurückzuhalten versuchen und, also doch, die psychiatrische und universitäre Klinik anrufen?

Ich wartete immer noch auf einer Bank der kleinen Terrasse beim Münster, Wackernagel war nicht da, und ich wurde hin- und hergerissen zwischen dem unbekennbaren Wunsch, ihn nicht ankommen zu sehen, und der Furcht, dass ihm etwas Ernstliches zugestossen sei. Nun verstand ich oder glaubte zu verstehen – während dieser Eindruck zuvor einzig unter der irrationalen Form von Angst wiedergegeben wurde –, dass mein Wunsch, Wackernagel zu sehen (ich müsste sagen, ein in Zeit und Raum klar abgegrenzter Wackernagel, jener von vor der Einweisung in die psychiatrische und universitäre Klinik), Wackernagel, der mit seinem idealistischen Wunsch nach Versöhnung und Erneuerung unserer Freundschaft auf eine unausstehliche Gegenwart stiess, und diese Gegenwart bestand aus Furcht, ihn in einem geschmälerten Zustand wiederzusehen, aber auch aus dem kalten Wind, der mir um Kopf und Ohren wehte, und aus meinem fieberhaften Treiben, bald Arme und Beine zu verschränken und wieder zu öffnen, bald während einiger Zeit um denselben Baum zu tigern, vielleicht mehrere Minuten lang, sowie auch aus dem unerträglichen Ticken meiner Armbanduhr, die ich schliesslich in meiner Tasche versteckte. Hätte ich jetzt nur die Stimme jenes

Wackernagel von vor dem Aufenthalt in der psychiatrischen und universitären Klinik hören können, jene sanfte, beruhigende Stimme, die mir Mut einflösste; doch nur das einförmige Brausen des Windes drang in meine Ohren und erinnerte mich daran, dass Wackernagel – ziemlich paradox bei jemandem, für den öffentlicher Skandal einer der Gründe für lokale Berühmtheit war – Lärm hasste und mit Lesen, Meditieren und Musikhören ganze Tage verbringen konnte, während denen er sich zu Hause in seiner Altstadtwohnung verkroch; er versenkte sich in einen der Bände seiner Bibliothek (von der er, wie er mir gestand, nur die Hälfte der zahlreichen Bücher gelesen hatte und den Rückstand wahrscheinlich niemals aufholen konnte – um alles zu lesen, hatte er mir gesagt, müsste ich damit meine ganzen Tage zubringen –, da seine berufliche Tätigkeit vorerst an der Höheren Töchterschule und dann im Kantonsarchiv den grössten Teil seiner Zeit beanspruchte); oder dann legte er Schallplatten auf, stets dieselben – Wackernagel hatte zwar eine grosse Bibliothek, aber nur wenige Schallplatten –, nämlich die letzten Beethoven-Quartette und die *Kindertotenlieder,* interpretiert von Kathleen Ferrier auf alten Grammophonplatten, denen er in seiner Altstadtwohnung stundenlang zuhören konnte, unermüdlich, ohne je aus dem Haus zu gehen und ohne Telephonanrufe oder Briefe zu beantworten. Dann kroch er aus seinem Schlupfloch heraus und schaltete sich viel munterer als gewöhnlich von neuem in die Gespräche ein, als ob er endgültig wiederhergestellt sei, nachdem er sich während mehrerer Tage wie ein Einsiedler in seiner Altstadtwohnung verschanzt hatte. Diese langen Perioden von Wackernagels Schweigen bildeten einen erstaunlichen Kontrast zu den theatralischen Rundumschlägen über Themen, die ihn begeisterten oder erzürnten: Sie zeigten mir, dass Wackernagel die Hoffnungslosigkeit nicht nur mit Worten bekämpfen konnte, wie er es häufig tat, sondern auch auf sehr ruhige Art, indem er zuhause blieb und Musik hörte, las, meditierte, ohne dass er sich gezwungen sah, der Welt seine Verzweiflung ins Gesicht zu schreien. Danach pflegte er in der Stadt zu erscheinen, gesprächsbereit, und er überraschte mich jeweils noch mehr durch die einfühlsamen Urteile, seine charmante Unterhaltung, seine nüchterne Eleganz (er trug stets Rollkragenpullover, eine Jacke aus Flanell oder grauem Wollstoff, bereits alte, aber gutgewichste Schuhe, liess seine Anzüge bei den besten Schneidern von Savile Row herstellen, ohne es je irgendwem zu sagen); eine Eleganz, die jener Lebensdisziplin folgte, von der ich weit entfernt war, und in einem gewissen Sinn seinen langen, gesundheitsförderlichen Schweigeperioden entsprach. Der Kauf dieses oder jenes Stoffes, alle fünf Jahre die Reise nach London zur Ergänzung seiner Garderobe, gehörten – so gut wie seine Art, sich während der seltenen Ferienwochen in die Wohnung zurückzuziehen, obwohl er die Stadt mit ihrem muffigen Gestank hätte verlassen können – zu einem Lebensplan, der meiner Meinung nach bewundernswürdig war; und ich wurde betrübt, als ich durch einige der bereits erwähnten Zeugen vernahm, dass Wackernagel nunmehr seiner Kleidung keinerlei Bedeutung mehr zuzumessen schien und ungebügelte Hemden trug, die aus einem Paar schmutziger Hosen herausquollen. Diese Erzählungen schienen mir auf derart öffentliche Weise von Wackernagels Drangsal zu zeugen, dass ich, nachdem ich sie vernommen, nun meinerseits auch nicht mehr meine Wohnung verlassen konnte, aus Furcht, ihm zu begegnen. Wie zuvor Wackernagel blieb ich nach meiner Rückkehr von der Arbeit in meiner Stube, verschloss die Haustür mit doppelter Drehung und nahm nicht einmal das Telephon ab, nahm auch Zeitungen und Briefe nicht mehr aus dem

Briefkasten und lag den ganzen Tag entkräftet im Bett. Aus Furcht, er könnte bei mir klingeln, dachte ich sogar daran, meine Identitätspapiere abändern zu lassen, eine andere Messingplatte mit einem andern Namen an Briefkasten und Haustür zu befestigen oder in eine andere Stadt umzuziehen. Und als ich mich nachher von diesem schmerzlichen, fast depressiven Zustand erholt hatte, hörte ich auf, mich systematisch zuhause einzuschliessen, trug aber immerhin noch Sorge, einige Örtlichkeiten zu meiden, an denen ich riskierte, mich Nase an Nase mit Wackernagel auf einem seiner Ausflüge zu finden, so den Tabakladen am Marktplatz, eine Spezereihandlung in der Altstadt, den Botanischen Garten, einige Orte, die mich, auch wenn ich Wackernagel dort kaum treffen würde, schmerzlich an Zeiten erinnerten, die wir zusammen verbracht hatten. Ausserdem wurden die Einschränkungen, die ich mir bei meinem Rundgang auferlegte, auf zahlreiche Örtlichkeiten ausgedehnt: Schliesslich umfassten sie die ganze Stadt, betrafen jede der zahlreichen Strassen, an denen Wackernagel und ich viele gemeinsame Erinnerungen hatten, und in denen ich mich jetzt nicht mehr aufhalten konnte ohne den unangenehmen Eindruck, jemand sei neben mir, nicht genau Wackernagel selbst, aber etwas wie ein gespensterhaftes Double von ihm, das mir überallhin auf der Spur folgte; zum Beispiel wenn ich am Humanistischen Lyzeum vorbeiging (unser angesehenes *Humanistisches Lyzeum mit Weltgeltung,* das Wackernagel als glänzendster Schüler seines Jahrgangs besucht hatte, ja sogar, nach Aussage eines früheren Rektors, einer der besten Schüler in der ganzen Geschichte der Schule, begabt im Sport, aber auch ausgezeichneter Zeichenkünstler sowie Sänger, Klassenprimus in Deutsch, Französisch, Latein, Griechisch, Geschichte, Geographie, aber auch in Mathematik und Naturwissenschaften), oder vor der Confiserie am Marktplatz, in der Bibliothek, in den Parkanlagen der Stadt, an allen Stätten, die Erinnerungen aufzufrischen vermochten, wobei diese an sich nicht grundsätzlich unheilvoll waren, wohl aber in meiner rückblickenden Betrachtung, denn ich verdüsterte ihren Inhalt, ohne mir dessen bewusst zu werden, und deutete sie in Vorzeichen für die Einlieferung Wackernagels in die psychiatrische und universitäre Klinik um. Wenn ich jetzt übrigens verhindert war, die kleine Terrasse beim Münster zu verlassen, um mich auf die Suche nach Wackernagel zu machen, dessen Verspätung äusserst beunruhigend wurde, so war es natürlich aus Furcht, er könnte schliesslich an unserm Treffpunkt ankommen, während ich ihn anderwärts suchte, doch besonders, weil mir die Möglichkeiten für die Wege dahin bewusst waren – so zahlreich jedenfalls, dass unsere Routen wenig Chancen hatten, sich zu kreuzen –, die er durch die Stadt einschlagen konnte und die in mir die Furcht weckten, zur selben Zeit mit allzu vielen Erinnerungen konfrontiert zu werden und mich fast gleichzeitig – die Anlage der Gassen verhinderte ein anderes Resultat – vor dem Kantonsarchiv, dem Humanistischen Lyzeum, dem Club polyglotter Leser und noch andernorts zu befinden. Und falls ich begänne, auf der Suche nach ihm durch die Gassen zu schreiten und plötzlich Wackernagel an einem von unserm Treffpunkt weit entfernten Ort anträfe, hätte ich dann nicht die lebende Bestätigung all der schlechten Vorzeichen, den Beweis dafür, dass mein Freund durch sechs Monate Aufenthalt in der psychiatrischen und universitären Klinik drastisch verändert war, da er jeglichen Orientierungssinn verloren hatte? Falls aber Wackernagels Anstrengungen im Gegenteil auf eine Verbesserung des Zustands tendierten, eine Hypothese, die mir noch etwas Hoffnung auf unsere Begegnung liesse, so bekäme seine Route von der psychiatrischen und universitären Klinik zum Münster einen doppelten Aspekt, bedrohlich und hoffnungsträchtig zugleich. In der Tat, da ihm eine Stunde zur Verfügung stand, um zu mir zu gelangen (und die Ärzte der psychiatrischen und universitären Klinik, das ganze Personal dieser Institution waren bekannt für Pünktlichkeit), hatte ich das Recht anzunehmen, dass Wackernagel zur vorgesehenen Stunde entlassen worden war und deshalb schon mehr als die notwendige Zeit gehabt hatte, um die kleine Terrasse beim Münster zu erreichen. Ausserdem angenommen, dass Wackernagel weder Bus noch Tram verfehlt hatte und die öffentlichen Verkehrsmittel fahrplanmässig im Einsatz waren, wäre er rasch ans Ziel gelangt; in zwanzig bis dreissig Minuten hätte er die ganze Fahrt durch die Stadt hinter sich gebracht, an den beiden Kantonsspitälern vorbei, dem früheren Kloster der Predigerbrüder, dessen berühmter *Totentanz* die Umfassungsmauer schmückte, bis diese zu Beginn des letzten Jahrhunderts abgerissen wurde; dann zur Schifflände und die steile Gasse hinauf, die den merkwürdigen Namen „Stromsprung" trägt, durch die Augustinergasse, um schliesslich auf dem Münsterplatz anzukommen. Bus und Tram verbanden in einer Viertelstunde, vielleicht zwanzig Minuten, die psychiatrische und universitäre Klinik mit der Schifflände; zu Beginn der Fahrt benützte der Bus die Flughafenstrasse, bog dann nach links ab, in Richtung Altes Kantonsspital – wo ein Tramanschluss Wackernagel erwartete; dann setzte das Tram die Buslinie fort, um schliesslich an der Schifflände zu halten. Da sowohl Busse als auch Trams durchgehend im Abstand von sechs Minuten verkehrten, schien es auf den ersten Blick offensichtlich, dass Wackernagel, hätte er einen ersten Bus verfehlt, in den nächsten eingestiegen wäre, ohne den zeitlichen Vorsprung ernsthaft zu gefährden. Damit das Unternehmen jedoch glückte, hätte er in der Lage sein müssen, die Bushaltestelle und danach diejenige des Trams zu entdecken, ohne sich in der Richtung zu irren und sich ausserdem in der Stadt zurechtzufinden – was ihm immerhin auf seinen Ausflügen gelungen war, für die ihn die Spezialisten in Weiss anscheinend für fähig befunden hatten, mit dem Bus wegzufahren und zurückzukehren, sich vor der angeordneten Rückkehr in die psychiatrische und universitäre Klinik selbständig durch die Stadt zu bewegen. Doch vielleicht hatte sich damals sein Ausflug in die Stadt auf den zufälligen Transport seines Körpers von einem Taxistandplatz zum andern beschränkt, ohne dass er genau wusste, wo er sich befand: vielleicht war er seit sechs Monaten nie mehr in einen Bus oder ein Tram eingestiegen, und die heutige Fahrt wäre für ihn sehr anstrengend gewesen. Wackernagel hätte nicht gewusst, an welcher Haltestelle er aussteigen musste (obwohl ich ihm am Telephon erklärt hatte, er müsse aus dem Bus vor dem Alten Kantonsspital aussteigen und aus dem Tram bei der Endstation aussteigen, bei der Endstation und nirgendwo sonst); vielleicht war er in einer Regung äusserster Panik lange vor der Endstation ausgestiegen und hatte sich dann in der Stadt verlaufen. Als ich mir nach unserm Telephongespräch das alles überlegte, grauste mir, weil ich ihm einen Zeitraum von sechzig vollen Minuten gegeben hatte, um mich auf der kleinen Terrasse beim Münster aufzusuchen, obwohl zwanzig oder dreissig Minuten für die Fahrt reichlich genügt hätten; ich zürnte mir, weil ich auf diese sechzig Minuten so viel Gewicht gelegt, ja sie Wackernagel fast aufgedrängt hatte, vielleicht gegen seinen Willen, im Gedanken, für sein Wohl zu handeln, während mir ein vertieftes Nachdenken, ein gründlicheres Analysieren der Lage zu verstehen gab, vielleicht zwar etwas spät, dass diese ganze Stunde Wackernagel zweifellos schädlich war, anstatt ihm zu helfen! Doch nachdem ich mir mit meinen Gedanken lange den Geist gequält hatte, rief ich Wackernagel in der psychiatrischen und universitären Klinik nicht an; während längerer Zeit, immer im Begriff, die Nummer einzustellen, blieb ich unentschlossen vor dem Hörer, in steter Furcht, die Stimme des Telephonisten oder der Telephonistin zu hören, der oder die mit „psychiatrische und universitäre Klinik" auf meinen Anruf antworten würde, um sich anschliessend vorzustellen, wobei er oder sie mit diesem Vorrang die Bedeutung der Institution betonte, in deren Dienste sich der Telephonist oder die Telephonistin, jeden andern Ehrgeiz aufgebend, ein für allemal gestellt hatte. Die Erwähnung dieser vier Wörter, einer Beschwörung mit verderblicher Macht ähnlich, nähme mir die Fähigkeit, so fürchtete ich, mit normaler Stimme den Zweck meiner Anfrage zu formulieren (Madame – oder Monsieur –, könnte ich Herrn Wackernagel sprechen, der, wie ich glaube, bei Ihnen als Patient weilt?); sie hätte genügt, um mich all meinen Gewohnheiten zu entreissen, um mich in das Universum der Elektroschocks und des Heilschlafs zu führen (deren beider Wirkung in mir jede Form eigenständigen Urteilens vernichten würde), in eine Welt, auch wenn sie öfter in meinen Gedanken war – und zwar jedesmal, ich muss es eingestehen, wenn sich diese um Wackernagel drehten –, eine Welt, mit der ich nie in direkter Verbindung stand. Wenn ich das Glück hätte, meine Anfrage ohne Zittern in der Stimme vorbringen zu können, würde man wahrscheinlich meinen Anruf von einer Dienststelle zur andern weiterleiten, von Abwimmelung zu Abwimmelung, in das Herz der psychiatrischen und universitären Klinik, und mich so in die geheimsten Zonen führen, aus denen ich nicht ungeschädigt zurückkehren könnte; und mein ursprüngliches Vorgehen – das darin bestand, Wackernagel zu treffen, die Zeit unserer Begegnung zu modifizieren – würde abgelöst durch Fragen über meinen Zustand und den genauen Grund meines Gesuchs, an dessen Wesentlichkeit mich dann eine Fülle verschiedenster Elemente zweifeln liesse und mich dazu brächte, den Wunsch nach einem Gespräch mit Wackernagel auf einen andern Tag zu verschieben, aus meinem Geist alles zu verscheuchen, was dafür sprach, dass die Begegnung unverzüglich stattfinden sollte und nicht an einem andern Tag (dann durch die Imminenz von Wackernagels Entlassung so sehr entmutigt zu werden, dass ich darauf ohne Zweifel verzichten würde; die Furcht, bei der Verschiebung des Anrufs den Verlauf der

Ereignisse zu verändern, die auf gewisse Weise unausweichlich festgelegt waren und deren Ablauf nicht mehr von mir abhing, da Wackernagel – obschon ich nicht völlig sicher war –, und in einem bestimmten Masse auch ich, alle unsere Tätigkeiten im Hinblick auf das Treffen von Samstag elf Uhr auf der kleinen Terrasse beim Münster ausgestalteten und also mitgerissen wurden in einen psychologischen Prozess, den durch einen zweiten Telephonanruf zu unterbrechen gefährlich werden konnte, da das Eingeständnis meiner eigenen Angst unter anderm das zweifellos bereits unsichere Vertrauen in meine Person gefährden konnte, das unser erstes Telephongespräch vielleicht Wackernagel zurückgegeben hätte). Es konnte auch sein, dass der Sinn meiner Demarche meinen Gesprächspartnern am Telephon ungehörig schiene, ja in ihnen Fragen über meine eigene geistige Gesundheit weckte! Da mein Wunsch, Wackernagel zu sprechen, nicht mehr als einfaches, mehr oder minder schwierig zu befriedigendes, Gesuch betrachtet würde – sondern als erdrückender Beweis einer derart tiefgreifenden Geistesverirrung, dass sie diese Beamten ermutigen könnte, meine unverzügliche Überführung in die psychiatrische und universitäre Klinik anzuordnen, wobei sie sich zuvor leutselig nach meiner Identität und Adresse erkundigen und mich mit heuchlerisch beruhigenden Worten ködern würden; selbstverständlich wird Sie Herr Wackernagel sobald als möglich anrufen, bitte, mein lieber Herr, geben Sie uns Name, Vornamen und andere Auskünfte; denn schliesslich bezweckte diese Leutseligkeit nur, mich unverzüglich in die psychiatrische und universitäre Klinik zu transportieren und Krankenpfleger mit der Ambulanz zu schicken, die mich meinem Domizil entreissen und mich im grauen Betongebäude internieren würden, dem ich mich nie – dies völlig unabhängig von Wackernagel – zu nähern gewagt hatte, ohne ein physisches Unbehagen zu verspüren! Doch wenn ich mir, auf einer Bank der kleinen Terrasse beim Münster sitzend, eingestand – was genau genommen ebenso wahrscheinlich war wie das übrige –, dass Wackernagel auch nach sechs Monaten Internierung fähig war, sich mühelos zurechtzufinden, dann hätte er fraglos die ihm zur Verfügung stehende Stunde dazu benützt, um in der Stadt den ersten Spaziergang seiner neu gewonnenen Freiheit zu unternehmen. Kaum von Bedeutung wäre dann, ob es Viertel nach elf oder halb zwölf war, da Wackernagel einem ihm eigenen Zeitsinn gemäss – und der vielleicht nichts zu tun hatte mit der

lästigen Tatsache, dass meine Armbanduhr vorging –
früher oder später auf der kleinen Terrasse beim
Münster ankommen musste. Wenn wir diesen Nachmittag geniessen wollten, war das Wichtigste, dass
unsere beiden Zeitsinne gleichzeitig auf den unwahrscheinlichen Punkt ausgerichtet waren, an dem sie
sich gezwungenermassen vereinen müssten; jener
Wackernagels, der endlich der Immobilität der psychiatrischen und universitären Klinik entzogen war,
den sechs Monaten des therapeutischen Festklebens
entrissen, und der sich zweifellos sehr anstrengen
würde, um wieder wie ein Kind, das die Zeit ablesen lernt, die Sekunden, Minuten und Stunden zur
Kenntnis zu nehmen; und mein eigener Zeitsinn, der
dagegen, verstärkt durch die Angst, dieselben Zeitmasse vervielfachte und ihnen eine ausserordentliche
Bedeutung verlieh. Doch da diese noch zögerliche
Furcht vor der Zeitdauer ihn wahrscheinlich hindern
würde, den ganzen Weg zu Fuss zu gehen, so war zu
vermuten, dass Wackernagel, trotz allem sicher, längere Zeit zur Verfügung zu haben, unterwegs den
Bus oder das Tram verliesse und dass seine Wahl auf
die Haltestelle in unmittelbarer Nähe des Alten
Kantonsspitals fiele. Tatsächlich war Wackernagel
vom Stadtviertel, dessen erste Häuser sich hier er-

hoben, seit sehr langer Zeit fasziniert; es bildete in seinen Augen den Umkreis, in dem man das innerste Wesen der Stadt entdeckte, oder es war wenigstens, nach den Worten Wackernagels, *das krankhafte und lebensbedrohende Epizentrum* aufgrund mehrerer Elemente, deren Zusammenwirken diese Bezeichnung voll rechtfertigte.

Vorerst die zugleich massive und langgezogene Präsenz des Kantonsspitals (das alte gefolgt vom neuen Gebäude); das ehemalige Kloster der Predigerbrüder, welches den berühmten *Totentanz* beherbergt hatte – ein Fresko, das zu Beginn des 19. Jahrhunderts vernichtet wurde, von dem nur einige Fragmente vor der Zerstörung gerettet wurden –, dann das Haus, in dem Holbein der Jüngere gelebt hatte, von dem Wackernagel den *Leichnam Christi,* der sich im Kunstmuseum der Stadt befindet, als das verzweifeltste Gemälde der Kunstgeschichte betrachtete, ein anderes Haus, geschmückt mit einer Gedenktafel, in dem der berühmteste Dichter der Stadt, Autor einer langen Ballade über die Vergänglichkeit des menschlichen Lebens mit wiederholten Hinweisen auf das *Totentanz*-Fresko, das Licht der Welt erblickte; und schliesslich der Anblick des Stroms, der verantwortlich ist für all die Feuchtigkeit, die in unsern Sommerzeiten so schwer zu ertragen ist, und schuld daran war – dies wohlverstanden zusammen mit dem Einfluss anderer Erscheinungen –, dass ein sehr grosser Teil der Stadtbevölkerung an nervösen Depressionen litt, daher der ausgezeichnete Ruf der psychiatrischen und universitären Klinik für die Behandlung dieser Krankheit; leicht verständlich, da die Forschung nach Therapien und Heilmitteln zu ihrer Bekämpfung den grössten Teil der Arbeitszeit der vom Hause beschäftigten Spezialisten in Weiss beanspruchte. Und der Strom forderte auch die Bewohner der Stadt heraus, auf fast versessene Art die ruhigen Fluten des zwar verschmutzten Wassers, das sich jedoch seit undenklichen Zeiten vorbeibewegte, mit der Endlichkeit der eigenen Existenz zu vergleichen.

Das *krankhafte und lebensbedrohende Epizentrum* der Stadt übte auf Wackernagel eine Art Faszination aus; dieses Quartiers wegen fühlte er sich der Stadt zugehörig und wusste das von ihr erhaltene geistige Erbe zu schätzen; und er schrieb ihr wesentliche Werte zu, wie jenen, von Jugend an einen bestimmten witzigen und polemischen Geist der Stadtbewohner zu wekken, der dem Tod den Rang ablaufen konnte, eine Art, täglich alles in Frage zu stellen und von keinem der weltläufigen Werte geprellt zu werden, die wie alles übrige zum Verschwinden bestimmt sind. Man kann sagen, dass Wackernagels berühmte Koller auf ihre Weise ebenfalls zum Geist der Stadt gehörten, denn ihr schneidendes, unerbittliches Wesen widersetzte sich mit all ihren quicklebendigen Kräften dem Schneidenden, Unerbittlichen des Todes. Doch wenn der von diesem *krankhaften und lebensbedrohenden Epizentrum* ausgeübte Einfluss wohltätige Seiten hatte, so waren ihm laut Wackernagel auch Fälle von Depressionen zuzuschreiben und sehr viele Selbstmorde unter den Stadtbewohnern: Er war, neben andern, intimeren Gründen, die Ursache für das berufliche Fiasko Wackernagels und für das, was ich doch eines Tages als seine Krankheit bezeichnen musste. Deshalb sah ich die Gefahr, dass Wackernagel aus dem Autobus in unmittelbarer Nähe des ehemaligen Klosters der Predigerbrüder ausgestiegen wäre, bei den beiden aufeinanderfolgenden Kantonsspitälern und dem Haus, in dem Holbein der Jüngere vor seinem Wegzug nach England während einiger Jahre gewohnt hatte; in diesem Umkreis, der durch arglistige, äusserst rasche Untergrabung – die alltägliche Ausdünstung der Atmosphäre – imstande gewesen wäre, in Wackernagel jeglichen Glauben an eine freudigere Zukunft zu zerstören, jede Form von Hoffnung auf eine Verbesserung seines Zustands, und ihn des Mindestmasses an Glauben an ein Morgen zu berauben, das für das Überleben ausserhalb der Mauern der psychiatrischen und universitären Klinik unabdingbar wäre. Und sollte zu diesem Pessimismus, ihn bis auf seinen Höhepunkt verstärkend, eine Selbstmordtendenz kommen, vielleicht statt der im voraus berechneten günstigen Wirkungen, gefördert durch den sechsmonatigen Aufenthalt in der psychiatrischen und universitären Klinik, so war zu fürchten, dass sich Wackernagel in den Strom stürzte, um ein für allemal Schluss zu machen. Tatsächlich, auch wenn mir kein Gesprächsbrocken unserer vergangenen Konversationen sagte, dass diese Gefahr wirklich existiere, auch wenn Wackernagel meiner Kenntnis nach nie den Wunsch geäussert hatte, seinem Leben ein Ende zu setzen, so schien mir, dass nun alles übereinstimmte, um ihn zu dieser Tat zu führen; und ich stellte mir mit Schrecken vor, dass Wackernagel – im Fall, dass er beim Halt nahe dem Alten Kantonsspital aus dem Autobus ausgestiegen wäre – der Versuchung, sich in die Fluten des Stroms zu stürzen, nachgegeben hätte; aus manchen Gründen, von denen die einen komplizierter waren als die andern, wegen der besonderen Topographie – Altes Kantonsspital, Neues Kantonsspital, ehemaliges Kloster der Predigerbrüder, Haus, in dem Holbein der Jüngere vor seiner Abreise nach England gelebt hatte, Geburtshaus eines Dichters der Stadt, dessen Werk vom Einfluss des Quartiers geprägt war –, die aufs beste zu seiner verzweifelten Stimmung passen würde, als ob die gemächliche Arbeit von Architektur und Geschichte nur wirkte, um Wackernagel, der nun fast dreissig Minuten Verspätung haben musste, zu einer solchen Tat zu führen; doch die Zeit, die meine Uhr anzeigte, hatte in meinen Augen keine grosse Bedeutung mehr, mein Zustand schloss Begriffe wie Minuten und Sekunden aus, die auf Messeinheiten für gewöhnliche Beschäftigungen beschränkt waren – wie Kochen oder Tennisspielen –, weit entfernt von meinem Treffen mit Wackernagel, für den jede Art von Merkpunkt aufgehört hatte, irgendeine Bedeutung innezuhaben, angenommen, dass er sich in den Strom gestürzt hatte.

Das einzige, was ich für Wackernagel tun konnte, war, die kleine Terrasse beim Münster zu verlassen und mich durch das städtische Strassenlabyrinth auf die Suche nach ihm zu machen, auf die Gefahr hin, dass sich unsere beiden Wege nicht kreuzten und dass wir uns, während wir uns zu treffen suchten, immer weiter voneinander entfernten; er, indem er sich eifrig bemühte, seinen Orientierungssinn wiederzuerlangen, der ihm erlauben würde, die kleine Terrasse beim Münster zu finden; ich, indem ich nicht weniger verzweifelt versuchte, seiner Spur durch die Stadtstrassen zu folgen. Doch trotz dieser Risiken musste ich etwas unternehmen, um nicht auf meiner Bank vor Kälte zu erstarren. Zum Beispiel konnte ich danach trachten, wieder seine sämtlichen Deplazierungsmöglichkeiten zu überlegen, mir die wahrscheinlichen Routen auszudenken, und so bekäme ich vielleicht den Schlüssel, der mir erlaubte, ihn zu finden. Dazu musste ich jede Lösung sorgfältig überprüfen, bestimmen, welche einzelnen dieser Möglichkeiten – auch wenn sie simple Ausgangshypothesen bleiben sollten, wären sie dennoch die einzigen Grundlagen, auf denen ich einen Forschungsplan aufbauen könnte – am meisten Aussicht hatten, der Realität zu entsprechen. Bevor ich mich an die Arbeit machte, ging ich mehrmals rund um die kleine Terrasse, um mir die Glieder zu erwärmen, wobei ich um jede Bank pirschte, auch um vier oder fünf indische Kastanienbäume, deren kalte Rinde ich mit den Fingerspitzen berührte; und der Gedanke streifte mich, die Forscherei aufzugeben und zu Fuss die zweihundert Meter zu gehen, die mich von der nächsten Wirtschaft trennten, und von dort die Polizei anzurufen. Meiner Sache sicher, würde ich dem am Telephon antwortenden Beamten Wackernagels provisorisches oder sogar definitives Verschwinden mitteilen und ihn zu überzeugen versuchen, sich doch an meiner Stelle auf die Fahndung nach Wackernagel zu machen (oder falls nötig eine Schwadron zum Durchkämmen der Stadt aufzubieten, mit dem einzigen Ziele, Wackernagel wiederzufinden); doch diese scheinbare Lösung wies bei näherer Prüfung nur Nachteile auf. Die Leitung einer Angelegenheit, die niemand anders als Wackernagel und mich betraf, in die Hände der Polizei zu legen, diese im jetzigen Stadium unserer gemeinsamen Geschichte eingreifen zu lassen, hätte das, was von unserer Freundschaft blieb, auf immer in Frage gestellt, den bis heute erhaltenen Teil, der erklären konnte, dass ich in der Kälte ausharrte und dass ich, ungeachtet des erlahmenden Willens und der schwindenden Kräfte, ihm noch helfen wollte, sich von neuem an das Leben ausserhalb der psychiatrischen und universitären Klinik zu gewöhnen – an das Leben kurzweg, sollte ich sagen. Ich konnte ihn auch nicht verraten, aus dem guten Grunde, dass Wackernagel mich und niemand anderes gebeten hatte, ihn nach der Entlassung aus der psychiatrischen und universitären Klinik zu erwarten; und wenn wir die Polizeibeamten in Uniform mit ihrem martialischen Einschreiten unsern Entschluss aufheben liessen, unsere beiden Wege einen Nachmittag lang zu vereinen, dann wären auf einen Schlag alle unsere Anstrengungen vereitelt, uns, Wackernagel und mich, zu treffen, und zwischen uns würde eine unüberwindbare Trennung geschaffen, um so mehr, als mir die gestiefelten und behelmten Beamten wahrscheinlich geraten hätten, nach Hause zu gehen und die Nerven zu beruhigen, während sie ihrerseits sich mit Wackernagel befasst und alles eingesetzt hätten, um ihn in die psychiatrische und universitäre Klinik zu bringen. Nein, wenn Wackernagel sich schon in der Stadt verlaufen musste, dann war es an mir allein und nicht an einer *per definitionem* fremden Instanz, dem es zustand, sich auf die Suche nach ihm zu machen; und wenn ich ihn weiterhin auf einer der Bänke auf der kleinen Terrasse beim Münster erwarten sollte, dann wäre es an ihm ganz allein, mich zu suchen – oder dann auf die Suche ganz einfach zu verzichten. Tatsächlich war es unmöglich, die gegenwärtige Lage, geschaffen durch unsere Anstrengungen, uns zu treffen – er suchte mich oder hatte das Suchen aufgegeben, ich wartete auf ihn –, zu trennen von all dem Vergangenen, das uns verband; dort wo die Polizei nur eindeutige Tatsachen gesehen hätte, so mein banges Warten auf Wackernagel, dessen vergeblichen Versuch, seinen Weg wiederzufinden, oder im schlimmsten Fall dessen Selbstmord; untauglich dazu, hinter der scheinbaren Objektivität der Fakten das Vorhandensein einer langen Freundschaft zu erkennen, einer waltenden Schicksalsmacht sogar, die Wackernagels Taten und die meinen in einem geographisch und zeitlich klar abgegrenzten Rahmen bestimmte. Jetzt die Polizei eingreifen zu lassen wäre meinerseits purer Verrat gegenüber Wackernagel, und zwar in dem Sinne, dass keiner der Beamten, die mit seiner Festnahme beauftragt waren, in der Lage wäre, den Sinn zu verstehen, den Wackernagel und ich gewissen Örtlichkeiten in der Stadt verliehen hatten, die Bedeutung der Minuten, die wir, er und ich, jeder für sich, an jenem Nachmittag erlebten. Da unsere gegenwärtigen Masse für Zeit und Raum – zumindest die meinigen, denn faktisch konnte ich in diesem Moment jene Wackernagels nicht kennen – nun nichts mehr zu tun hatten mit gewöhnlichen Standardmassen – im vorliegenden Fall mit jenen der Polizei –, nur noch absolut und exklusiv mit unsern eigenen. Und da allein ich und Wackernagel diese geheime Partitur von Dauer und Raum entziffern konnten, und da ich, jetzt auf der kleinen Terrasse beim Münster, als einziger Mensch zu verstehen fähig war, sein – wie ich mir vorstellte – ängstliches Suchen nach einem für die Anwendung im Alltagsleben geeigneten Verständnis der Realität anstelle desjenigen, das völlig gegen seinen Willen die sechsmonatige Internierung in der psychiatrischen und universitären Klinik geleitet hatte; da der Leidensweg, den ich mit dem Warten auf ihn durchmachte, eine ungerechte Hintansetzung darstellte, einen Schlüssel zu Wackernagels Qualen, und da unsere jahrelange Freundschaft ihre eigene Geographie erfunden hatte, war ich als einzige Person dazu berufen, ihn in den Strassenmäandern der Stadt zu suchen, ein bedeutungsvolles Privileg, das mich vom Rest der Lebenden absonderte und mir alle Kraft für dieses Ziel einzusetzen befahl. Somit war es meine Aufgabe, jede Route, die Wackernagel nach seiner Entlassung aus der psychiatrischen und universitären Klinik gewählt haben konnte, zu überprüfen und zu entscheiden, welche dieser Routen für eine sinnvolle Aneinanderreihung geeignet wären; und meine Nachforschung fände ihren Einhalt erst in dem Moment, in dem wir, wieder beide nebeneinander, friedlich durch die Altstadtgassen schlendern und einen angenehmen Gedankenaustausch pflegen könnten, zwei Freunde, die glücklich waren über das Wiedersehen nach langer Trennung und sich verständigten in einer Sprache mit für gewöhnliche Sterbliche unbekannten Anspielungen; doch jetzt konnte für Wackernagel und mich keine Rede davon sein, diesen windigen Nachmittag im Spätherbst zu geniessen, an dem sich ein wohlwollender Beobachter – und Wackernagel und ich hätten die wohlwollendsten Beobachter der Welt sein können – gefreut hätte, die feinen Veränderungen von Licht und Temperatur zu entdecken, welche die nahe Ankunft des Winters ankündigten; zur Zeit war Wackernagel, weit entfernt davon, irgend etwas zu geniessen, mit der Obliegenheit beschäftigt, seine Lücken in Sachen Lokalgeographie zu beheben, und ich mit derjenigen, jede Etappe seiner Route festzulegen – oder wenigstens festzulegen versuchen –, damit ich ihn an einem bestimmten Punkt der Stadt antreffen konnte.

Doch wenn ich mich bemühte, für meine Nachforschungen ein einziges Basisaxiom zu finden, so bot sich meinem Geiste eine unendliche Reihe von Möglichkeiten an, die nichts absolut Sicheres an sich hatten und von denen ich mir allein die Hypothese vorbehielt, dass Wackernagel den Autobus beim ehemaligen Kloster der Predigerbrüder verlassen hatte, mit einer langen Frist, die bis zur vereinbarten Zeit zur Verfügung stand, ungefähr eine halbe Stunde vielleicht – oder etwas mehr oder etwas weniger. Um sie jedoch als solche zu erkennen, hätte Wackernagel fähig sein müssen, einer für ihn zweifellos seit langem wirksamen Wahrnehmung der Dauer zu folgen, gemäss derer eine halbe Stunde oder Dreiviertelstunde weitaus genügte, um zu Fuss vom Alten Kantonsspital zu der kleinen Terrasse beim Münster zu gelangen. Nun aber blieben wenig Chancen, dass er seine Schritte nach dieser Schätzung bemessen konnte: zweifellos hatte er sich in den Gassen der Stadt verlaufen; oder dann war er zurückgehalten worden durch die ungesunde Atmosphäre, die das ehemalige Kloster der Predigerbrüder umgab, auch durch die Folge von Altem und Neuem Kantonsspital und dem Haus, in welchem Holbein der Jüngere gelebt hatte, und demjenigen, in dem in der zweiten Hälfte des 18. Jahrhunderts der künftige grosse Dichter geboren wurde, aus dessen Werken wir manchmal lange Auszüge auswendig rezitierten. Wackernagel hatte viele Stunden im Historischen Museum der Stadt verbracht, vor den Überresten des *Totentanzes,* von denen eine Szene auf all seinen Besuchen jeweils seine Aufmerksamkeit beanspruchte. Sie zeigte ein Edelfräulein mit Turban, das sich in einem Handspiegel betrachtet und dabei mit Schrecken den Widerschein eines Totengerippes bemerkt, das sie im selben Augenblick am Arm nimmt, um sie mit sich wegzuführen; und Wackernagel dachte, dass dieses Fresko nicht nur eine ergreifende Darstellung des Todes bildete, sondern auch eine Allegorie der Stadt und ihrer Bewohner, deren ganzes Streben nach dem, was man mangels eines treffenderen Ausdrucks einfältigerweise als Glück bezeichnet, gehemmt wurde durch die strenge Ironie, die sie niemals verloren, wie er mir in jenem Saal des Historischen Museums erklärte, der ausschliesslich von den Fresko-Überresten beansprucht wird, unbarmherzig besetzt durch das Bewusstsein, dass sich eines Tages das

Abbild eines Totengerippes auf das ihre legen würde; eine Geistesanlage, die jeden Gedanken an Freiheit beseitigte und aus allen unheilbare Fatalisten machte. Der Geist der Stadt und ihr *krankhaftes und lebensbedrohendes Epizentrum* hatten grossen Einfluss auf Wackernagels Gemüt; ihretwegen verschanzte er sich oft tagelang zuhause und blieb eingeschlossen in seiner Wohnung, ohne auch nur einmal die Nase hinauszustrecken, dies vor allem im *Hochsommer,* während der Monate Juli und August, in denen Wackernagel die Stadt nicht mehr ertragen konnte, wegen der Feuchtigkeit und der unerträglichen Föhnstösse, die jeden, der ruhig lesen oder nachdenken will, zwingen, den ganzen Tag über zuhause zu bleiben; und jetzt hätten vielleicht all diese alten Sachen, in seiner Erinnerung aufgefrischt mit vermehrter Kraft, die mit seiner Entlassung zusammenhing, seine Entlassung vielleicht verwandelt in die offizielle Erlaubnis, sich als freier Mann in den Strom zu stürzen; sie liessen ihn in der Nähe des ehemaligen Klosters der Predigerbrüder aus dem Tram aussteigen, wobei er seiner Tat schon sicher war, sie liessen ihn einige altehrwürdige Fassaden wiedersehen und ein letztes Mal die verschmutzte Stadtluft einatmen, sich mit Hochgenuss die Lungen davon durchfluten, bevor er seine hohe, staksige Silhouette dem Strom zuwandte; eine künftige Leiche, die man auf dem Wasser treibend finden würde, zweifellos einige Kilometer stromabwärts, was manche Duckmäuser nicht unterlassen würden, als unheilverkündenden Hinweis auf den künftigen Untergang der Stadt und ihrer Bewohner zu bezeichnen. Mühsam stand ich auf, verliess die Bank auf der kleinen Terrasse beim Münster, von der aus Touristengruppen in den folgenden Stunden die Berggipfel bewundern würden, die sich über dem Rauch aus den Kaminen der Chemiefabriken erhoben, ging in die Augustinergasse und den Hang hinab, durch den Wackernagel hätte zu mir hinaufsteigen sollen, und auf den Strom zu. Bilder meines Freundes, der in meiner Gesellschaft durch die Stadt ging, stiegen in meiner Erinnerung auf, auch wenn ich sonderbarerweise nicht *wirklich* dazugehörte, als ob in dieser Verquickung unserer beiden sterblichen Hüllen die erdrückende Überlegenheit Wackernagels über mich, sowohl physisch – er überragte mich um Haupteslänge – als auch intellektuell, meine Präsenz an seiner Seite zunichtegemacht hätte. Und um ihn an meine Existenz zu erinnern, winkte ich ihm leicht mit der Hand, doch er antwortete nicht.

Anmerkungen des Übersetzers

Als 1995 *Ein Nachmittag mit Wackernagel* von Ivan Farron im französischen Original erschien, meldete das „Journal de Genève" per Schlagzeile die „Geburt eines Westschweizer Schriftstellers", dessen erster Versuch „meisterhaft" gelungen sei; „Le Quotidien jurassien" sprach gar von „le roman parfait", dem perfekten Roman schlechthin. Die Westschweizer Presse und einige erste Deutschschweizer Kritiker waren gleichermassen begeistert. Ein Jahr darauf wurde Farron mit einem Preis für stilistische Leistungen (Prix Dentan, benannt nach einem Lausanner Gelehrten) ausgezeichnet.

Ivan Farron ist 1971 in einer französischsprachigen Familie aus dem bernjurassischen Tavannes in Basel geboren, wo sein Vater den Botanischen Garten leitete. Schulen und Universität besuchte er nach dem Umzug der Familie grösstenteils in Lausanne; 1998 unterrichtet er nun als Stellvertreter Sprachen und arbeitet mit Pipilotti Rist an den Vorbereitungen zur Expo 01.

Die Idee zu seiner Erzählung hatte er bereits mit achtzehn, beendete die Niederschrift dann mit 23 und fand bei der Genfer Verlegerin Marlyse Pietri (Editions Zoé) auf Anhieb herzhafte Unterstützung.

Auf einer Parkbank im Stadtzentrum erwartet sein Ich-Erzähler den befreundeten Wackernagel, der, wie der Leser erfährt, nach sechsmonatiger Behandlung die „psychiatrische und universitäre Klinik" verlassen darf: ein verschrobener Intellektueller mit Bewusstseinsstörungen, die auf Paranoia hinweisen könnten. Der Erzähler wirkt wie dessen Spiegelbild: Aus lauter Sympathie für den Freund ahmt er Wackernagels Sprache nach, nicht ohne Fehlgriffe – so heisst die Psychiatrische Universitätsklinik bei ihm „Clinique psychiatrique et universitaire" (psychiatrische und universitäre Klinik). Will der Erzähler eine Gesellschaft kritisieren, die für Unangepasste wenig Verständnis zeigt? Sollte er gar mit dem Paranoiker Wackernagel identisch sein? Der Leser wird auf listige Weise durch ein Strassenlabyrinth in einen Irrgarten der Gedanken geführt; er erlebt ein Verwirrspiel auf mehreren Ebenen, gespickt mit untergründiger Komik.

Schauplatz ist, wie man bald einmal merkt, Basel, jedoch in verfremdeter Darstellung: Der Name der Stadt bleibt ungenannt wie jener des Dichters Johann Peter Hebel oder jener des Rheins – der Rheinsprung heisst „Stromsprung"; die Pfalz bleibt durch die ganze Erzählung nur „die kleine Terrasse beim Münster"; die Allgemeine Lesegesellschaft wird zum „Club polyglotter Leser", das Humanistische Gymnasium zum „Humanistischen Lyzeum", das Mädchengymnasium zur „Höheren Töchterschule", das Staatsarchiv mit einer Nuance zum „Kantonsarchiv"; die Predigerkirche erscheint stets als „ehemaliges Kloster der Predigerbrüder", das einst den berühmten „Totentanz" von Konrad Witz oder einem ihm nahestehenden Meister beherbergte. Andere Bezeichnungen – Augustinergasse, Münsterplatz, Schifflände – sind dagegen im Buch wie im Stadtplan zu finden. Das Versteckspiel ist Absicht: Der Autor erinnert daran, dass auch Max Frisch im *Stiller* die Stadt Zürich literarisch veränderte.

Kritiker verglichen den Erzählstil mit jenem Robert Walsers oder Thomas Bernhards; Farron fühlt sich eher inspiriert von Marcel Proust. Im Wiener „Kunstverein Alte Schmiede" erläuterte die österreichische Schriftstellerin Erica Beer im Mai 1997: „Wir sagen oft, dass unsere Gedanken um etwas kreisen. Beobachtet einer so genau, wie Ivan Farron es tut, so zeigt sich, dass dieses Kreisen eigentlich keine in sich geschlossene Bewegung beschreibt, sondern eine immer tiefer sich grabende Spirale. Bei jeder Drehung fügt sich den Gedanken, zunächst in Form eines sehr beiläufigen Nebensatzes, ein zusätzliches Element hinzu, das sodann weiterentwickelt wird, eine neu auftauchende Befürchtung oder eine bislang nicht in Erwägung gezogene Variante des vorher Gedachten, und die Spirale schraubt sich ein Stück weiter in die unerschöpflichen Abgründe möglicher zukünftiger Entwicklungen.

Diesen spiralförmig schraubenden Bewegungen seiner Vorstellungskraft ziemlich hilflos ausgeliefert, sitzt der Erzähler also auf seiner Bank und wartet auf Wackernagel, der nicht erscheint. Der Grundgedanke des Wartens wird nun von unterschiedlichen Elementen zu immer neuen Schreckensvisionen angestachelt: Erinnerungen an das Verhalten des Freundes, das zur Internierung geführt hat (unkontrollierte Wutausbrüche im örtlichen ‚Club der polyglotten Leser'), an seine brillante Intelligenz und seinen cholerisch-depressiven Charakter; Befürchtungen, er könnte den Weg zum verabredeten Treffpunkt nicht finden, Ängste über den Grad seiner Beeinträchtigung durch die ihm verabreichten Psychopharmaka, die wiederum die vorherigen Befürchtungen in uneingestandene Hoffnungen umschlagen lassen; auch Bilder von glücklichen Tagen der Freundschaft tauchen auf."

Die Sprache des Erzählers (und Wackernagels) klingt oft altertümlich; sie erinnert an Meyers Konversationslexikon der letzten Jahrhundertwende oder an die verstaubten Folianten in Wackernagels „Club polyglotter Leser": Auch hier schimmert Farrons hintergründiger Humor durch. Sogar bei der Aussicht auf die blühende Landschaft steht dem Erzähler die angelesene Weisheit im Wege:

„... ein ganzes Panorama, das sich vor dieser baumbestandenen Terrasse ausdehnte, von der aus man Sicht auf die grünen Fluten des Stroms hat und auf die Höhen des Schwarzwalds, wie dies ein Baedeker des letzten Jahrhunderts bezeugt." („... tout un panorama, en somme, qui s'alignait devant cette terrasse plantée d'arbres d'où l'on a vue sur le fleuve aux eaux vertes et les hauteurs de la Forêt noire, comme l'atteste un Baedeker du siècle dernier.") Antiquiert klingen in der Übersetzung ausserdem Präpositionen oder Verben mit Genitiv: „kraft ständiger Richtungswechsel" (par leurs constants changements), „der Lage die vernunftgeleitete Aufmerksamkeit zu schenken, derer sie bedurfte" (porter à la situation toute l'attention raisonnable qu'elle réclamait), doppelsinnig werden Ausdrücke wie „die tragende Rolle der Bank" (la solide assise), nach der die „freundschaftlichen Verbindungen mit Bänken, Brillen, Hüten" erwähnt werden (les rapports de bonne amitié ... avec bancs, lunettes, chapeaux). Noch etwas weiter als das Original geht die Übersetzung, nun einem schwerfälligen Modetrend folgend, bei der „Furcht, die Stimme des Telephonisten oder der Telephonistin zu hören, der oder die ...

antworten würde, um sich anschliessend vorzustellen, wobei er oder sie ..." (de peur d'entendre la voix du ou de la réceptionniste qui répondrait à mon appel ...)

Bei der Übersetzung wollte ich die Rechtschreibung (Telefon/Telephon) nicht „modernisieren". Die grössten Schwierigkeiten zeigten sich jedoch weniger in Orthographie oder Wortwahl als im Satzbau, der im Deutschen (cherchez le verbe!) vom Französischen meist völlig verschieden ist. Die Mäander der Schachtelsätze, die das verschlungene Denken des Erzählers wiedergeben, sind fast unendlich lang, zerteilt mit Klammern und andern Einschiebungen; sie müssen zerlegt und neu zusammengesetzt werden, wobei die ziselierte Klarheit des Französischen mit seinen subtilen Unterschieden in den Zeitformen (imparfait, passé simple) und Aussageweisen (subjonctif) im Deutschen selten oder dann nur auf holprigen Umwegen zu erreichen ist. Der Übersetzer muss – mit einem Gedanken an Kleists elegante Satzgefüge – das Unmögliche versuchen.

Farron stellt im protestantischen Basel eine bedrückende Atmosphäre fest; am Charakter der gemeinhin als fröhlich und witzig geltenden Bewohner bemerkt er eher die depressiven Seiten. Die Psychiatrische Universitätsklinik (PUK) geniesst jedenfalls Weltgeltung in der Behandlung von Depressionen (zu den Patienten gehörten Leute wie der niederländische Prinzgemahl oder der deutsche Schauspieler Harald Juhnke). So zielt sein kurzer Roman auf Hebels Gedicht von der Vergänglichkeit und die Darstellung des Totentanzes hin. Witz ist manchmal eine Art Galgenhumor.

Lausanne, im März 1998   Marcel Schwander

BELLETRISTIK IM LENOS VERLAG
Auswahl lieferbarer Titel

Abdallah, Jachja Taher: Menschen am Nil
Baalabakki, Laila: Ich lebe
Bachmann, Guido: Der Basilisk
Bachmann, Guido: Dionysos
Bachmann, Guido: Echnaton
Bachmann, Guido: Gilgamesch*
Bachmann, Guido: Die Kriminalnovellen
Bachmann, Guido: lebenslänglich
Bachmann, Guido: selbander
Bachmann, Guido: Die Wirklichkeitsmaschine
Bachmann, Guido: Zeit und Ewigkeit
Bakr, Salwa: Atijas Schrein
Bakr, Salwa: Die einzige Blume im Sumpf*
Bakr, Salwa: Der goldene Wagen fährt nicht zum Himmel
Barakat, Salim: Der eiserne Grashüpfer
Becher, Ulrich: Abseits vom Rodeo
Becher, Ulrich: Das Profil
Becher, Ulrich: Vom Unzulänglichen der Wirklichkeit
Becher, Ulrich/Grosz, George: Flaschenpost
Bovard, Jacques-Etienne: Warum rauchen Sie, Monsieur Grin?
Bührer, Jakob: Lesebuch
Burri, Peter: F.
Burri, Peter: Glanzzeiten
Burri, Peter: Tramonto
Burri, Peter (Hrsg.): Lucio Dalla. Liedtexte
Burri, Peter: Cendrars entdecken
Büsser, Judith: Wera R.
Cendrars, Blaise: Abhauen*
Cendrars, Blaise: Auf allen Meeren
Cendrars, Blaise: Brasilien
Cendrars, Blaise: Im Hinterland des Himmels
Cendrars, Blaise: John Paul Jones
Cendrars, Blaise: Die Prosa von der Transsibirischen Eisenbahn
Cendrars, Miriam: Blaise Cendrars. Eine Biographie
al-Charrat, Edwar: Safranerde*
Chraibi, Driss: Ermittlungen im Landesinnern*
Crauer, Pil: Das Leben und Sterben Paul Irnigers
al-Daïf, Raschid: Lieber Herr Kawabata
Deschner, Karlheinz: Nur Lebendiges schwimmt gegen den Strom*
drehpunkt-Reprint 1968–1979 · drehpunkt-Reprint 1980–1988

drehpunkt Nr. 100: Über Erwarten
Dschabra, Dschabra Ibrahim: Der erste Brunnen
Errera, Eglal: Isabelle Eberhardt
Faes, Urs: Bis ans Ende der Erinnerung
Faes, Urs: Der Traum vom Leben
Faes, Urs: Webfehler
Farner, Konrad: Lesebuch
Farron, Ivan: Ein Nachmittag mit Wackernagel
Fringeli, Dieter: Das Heimatlos
Geiser, Christoph: Disziplinen
Geiser, Christoph: Mitteilung an Mitgefangene
Geiser, Christoph: Zimmer mit Frühstück*
Ghalem, Ali: Die Frau für meinen Sohn*
al-Ghitani, Gamal: Seini Barakat*
Greising, Franziska: Kammerstille*
Habibi, Emil: Der Peptimist*
Habibi, Emil: Sarâja, das Dämonenkind
Habibi, Emil: Das Tal der Dschinnen*
Horem, Elisabeth: Der Ring
Huber, Leopold: Zug nach Süden*
Ibrahim, Sonallah: Der Prüfungsausschuss*
Idris, Jussuf: Die Sünderin
Jenny, Matthyas: Alles geht weiter, das Leben, der Tod*
Jenny, Matthyas: Die Beschreibung der Tiefsee
Kanafani, Ghassan: Bis wir zurückkehren*
Kanafani, Ghassan: Das Land der traurigen Orangen*
Kanafani, Ghassan: Männer in der Sonne / Was euch bleibt
Kanafani, Ghassan: Umm Saad / Rückkehr nach Haifa*
al-Koni, Ibrahim: Blutender Stein*
al-Koni, Ibrahim: Goldstaub
Kuhn, Heinrich: Boxloo
Kuhn, Heinrich: Harrys Lächeln
Kuhn, Heinrich: Schatz und Muus*
Kuhn, Heinrich: Der Traumagent
Laabi, Abdellatif: Kerkermeere
Laplace, Yves: Ein vorbildlicher Mann
Lehner, Peter: Bier-Zeitung
Lehner, Peter: Lesebuch
Lehner, Peter: Nebensätzliches
Lehner, Peter: WAS ist DAS
Lexikon der Schweizer Literaturen
al-Machsangi, Muhammad: Eine blaue Fliege
Mamduch, Alia: Mottenkugeln
Marti, Kurt: Der Geiger von Brig

Marti, Kurt: Heil Vetia
Mercanton, Jacques: Die Stunden des James Joyce
Mina, Hanna: Bilderreste
Morgenthaler, Hans: HAMO, der letzte fromme Europäer
Morgenthaler, Hans: Der kuriose Dichter
Munif, Abdalrachman: Östlich des Mittelmeers
Nasrallah, Emily: Flug gegen die Zeit
Nasrallah, Emily: Septembervögel*
Nasrallah, Emily: Das Pfand
Rivaz, Alice: Aus dem Gedächtnis, aus dem Vergessen
Rivaz, Alice: Der Bienenfriede*
Rivaz, Alice: Schlaflose Nacht*
Rivaz, Alice: Wolken in der Hand*
Roth-Hunkeler, Theres: Die Gehschule*
al-Sajjat, Latifa: Durchsuchungen
Salich, Tajjib: Zeit der Nordwanderung
Saner, Hans: Die Anarchie der Stille*
al-Scheich, Hanan: Sahras Geschichte*
Schmidli, Werner: Meinetwegen soll es doch schneien*
Schneider, Hansjörg: Der Bub
Schwarzenbach, Annemarie: Auf der Schattenseite
Schwarzenbach, Annemarie: Bei diesem Regen*
Schwarzenbach, Annemarie: Freunde um Bernhard*
Schwarzenbach, Annemarie: Jenseits von New York*
Schwarzenbach, Annemarie: Lyrische Novelle*
Schwarzenbach, Annemarie: Tod in Persien*
Sekula, Sonja: Im Zeichen der Frage, im Zeichen der Antwort
Stalder, Robert: Ein Schatten zuviel
Stark-Towlson, Helen: Die Frau im Park
Tamer, Sakarija: Frühling in der Asche
Walter, Otto. F.: Folgendes
Wiesner, Heinrich: Das Dankschreiben
Wiesner, Heinrich: Lakonische Zeilen
Wiesner, Heinrich: Der längste Karfreitag
Wiesner, Heinrich: Der Riese am Tisch*
Wiesner, Heinrich: Schauplätze
Wiesner, Heinrich: Welcher Gott denn ist tot
Wiesner, Heinrich: Die würdige Greisin
Z'Graggen, Yvette: Matthias Berg
Ziegler, Hilde: Während der Verlobung ...*
Zimmermann, Curt: Zechprellen

* als Taschenbuch in der Reihe LENOS POCKET